Diogenes Taschenbuch 22558

Georges Simenon

*Das
ungesühnte
Verbrechen*

*Roman
Deutsch von
Renate Heimbucher*

Diogenes

Titel der Originalausgabe:
›Crime impuni‹
Copyright © 1954 by Georges Simenon
Umschlagfoto von Willard Clay

Deutsche Erstausgabe

Alle deutschen Rechte vorbehalten
Copyright © 1992
Diogenes Verlag AG Zürich
100/92/36/1
ISBN 3 257 22558 X

ERSTER TEIL

Monsieur Elies Refugium

I

*Der Untermieter im grünen Zimmer und
der Neue im granatroten Zimmer*

Kindergeschrei erscholl im Schulhof gegenüber, und Elias wußte, daß es Viertel vor zehn war. An manchen Tagen wartete er mit einer an Unbehagen grenzenden Ungeduld auf diese jäh die Luft zerreißenden Stimmen von zweihundert Kindern, die aus den Klassenzimmern in die Pause hinausströmten. Man hätte schwören mögen, daß jeden Vormittag kurz vor diesem Feuerwerk von Tönen die Stille tiefer war als sonst, so als warte das ganze Viertel darauf. Jedenfalls erinnerte sich Elias an jenem Tag, was die letzten zehn Minuten betraf, an nichts anderes als an das Kratzen seiner Feder auf dem Papier. Er hatte keine Straßenbahn um die Ecke fahren hören. Dabei mußte mindestens eine vorbeigekommen sein, denn sie fuhr alle fünf Minuten. Er hatte nichts gehört, nicht einmal die Schritte seiner Vermieterin, die im Haus hin und her ging. Er spitzte die Ohren.

Er hatte keine Armbanduhr. Er hatte in seinem ganzen Leben nur einmal eine besessen, die silberne Uhr seines Vaters, die dieser ihm feierlich überreicht hatte, als er aus Wilna weggegangen war. Er hatte sie längst verhökert, und einen Wecker gab es in seinem Zimmer nicht.

Wenn Madame Lange eben mit Eimer und Schrubber in den ersten Stock hinaufgegangen war, dann bedeutete dies, daß es ungefähr neun Uhr war. Sie ging hinauf, sobald der Gemüsehändler vorbeigekommen war.

Wie immer hatte sie im rosa Zimmer mit dem Saubermachen begonnen, dem Zimmer von Mademoiselle Lola, dessen zwei Fenster zur Straße gingen. Dann mußte sie in das gelbe Zimmer hinübergegangen sein, das Stan Malewitz bewohnte und in dem sie als erstes immer den Kohleofen anschürte. Damit das Feuer schneller in Gang kam, goß sie Petroleum hinein, dessen Geruch, vermischt mit dem der brennenden Holzscheite, bis zu Elias drang.

Sie war spät dran. Sie hätte bereits an seine Tür klopfen müssen. Sein Zimmer, das grüne, wie es genannt wurde, lag auf halbem Weg zwischen dem Erdgeschoß und der ersten Etage, ein Raum, mit dem man die Küche aufgestockt hatte und der mit seinem Zinkdach im Sommer glühend heiß und im Winter eisig kalt war.

Es war November, und es war kalt; um an seinem Tisch vor dem Fenster schreiben zu können, hatte Elias seinen Mantel angezogen und war nach ein paar Minuten noch einmal aufgestanden, um seine Mütze zu holen.

»Was machen Sie hier, Monsieur Elie? Warum arbeiten Sie nicht drunten in der Küche?« würde sie ihn wieder fragen. Und er würde antworten: »Sie haben nichts davon gesagt.« »Muß ich es Ihnen denn jeden Morgen sagen? Werden Sie sich hier nie wie zu Hause fühlen?«

Manchmal dachte sie beim Hinaufgehen daran, vor seiner Tür stehenzubleiben und zu rufen: »Monsieur Elie! Sind Sie da? Würde es Ihnen etwas ausmachen, sich nach unten zu setzen und auf meine Suppe aufzupassen?«

Öfters vergaß sie es auch. Sie grübelte viel. Zuweilen führte sie mit gerunzelter Stirn Selbstgespräche, während sie im Zimmer saubermachte. Zweimal wöchentlich hatte Elias Vorlesungen an der Universität. Nicht unbedingt immer an den gleichen Tagen, und das wollte ihr nicht in den Kopf. Für sie war die Universität wie die Schule gegenüber, in die man jeden Morgen zur gleichen Zeit gehen mußte.

Er war erkältet. Jeden Winter schleppte er einen Schnupfen mit sich herum, der mal besser, mal schlimmer wurde. Das zwischen den Kaminen der Nachbarhäuser wie ausgestanzt wirkende Stück Himmel mochte noch so leuchtend blau sein, die Luft war kalt, vor allem in seinem Zimmer, und er seufzte erleichtert auf, als im Treppenhaus eine Tür ging und er Madame Langes Stimme hörte.

»Sind Sie da, Monsieur Elie?«

»Ja, Madame«, antwortete er aufspringend, mit starkem polnischen Akzent.

Genau wie er vorausgesehen hatte, tat sie verärgert und schalt mit ihm:

»Hätten Sie nicht hinuntergehen können, statt hier in Ihrem Mantel vor Kälte zu zittern? Wie oft soll ich es Ihnen noch sagen? Gehen Sie in die Küche hinunter, und legen Sie Kohlen aufs Feuer, aber schnell!«

Sie war hager, mit aschblondem Haar, heller Haut und grauen Augen und sah ewig müde aus.

»Ihren Mantel brauchen Sie nicht mit hinunterzunehmen.«

Er wußte, daß sie sofort das Fenster aufmachen würde, denn sie mochte seinen Geruch nicht. Sie hatte es nie zugegeben. Einmal jedoch hatte sie wie beiläufig bemerkt: »Es ist schon komisch, jeder hat einen anderen Geruch. Und jedes Zimmer auch. Vielleicht nehmen die Leute das nicht wichtig genug, wenn sie heiraten. Ich zum Beispiel konnte mich nie an den Geruch meines Mannes gewöhnen.«

Der war im Ersten Weltkrieg gefallen, vor zehn Jahren, und seitdem nahm sie Studenten als Untermieter auf.

»Männer kann ich noch eher riechen als Frauen. Von Mademoiselle Lolas Geruch wird mir ganz schlecht, und wenn ich ihr Zimmer betrete, reiße ich jedesmal die Fenster sperrangelweit auf.«

Das war auch das erste, was sie tat, wenn sie in Elias' Zimmer kam.

Er nahm seine Bücher und Hefte mit, ging in die Küche hinunter, deren Glastür vom Dampf beschlagen war. In dem großen, braun emaillierten Topf köchelte die Suppe, und die ovale Öffnung in der Mitte des schwarzen Eisenherds, zwischen den beiden Kochstellen, glühte rot.

Als er die Tür hinter sich geschlossen und eine Schaufel Kohlen ins Feuer geworfen hatte, konnte er sich endlich an den mit Wachstuch bedeckten Tisch setzen und einen Seufzer der Erleichterung ausstoßen. Die Hitze begann ihn zu durchdringen, ließ ihm das Blut ins Gesicht steigen und verursachte ihm ein Prickeln unter der Haut. Ein angenehmer Geruch nach Zwiebeln und Lauch erfüllte den Raum, die Geräusche waren unaufdringlich und vertraut, das Knistern des Feuers, das Summen des Topfdeckels, und hin und wieder fiel ein Stück roter Glut durch den Rost.

Das alles wärmte ihn viel besser als sein Mantel, der noch aus Wilna stammte, und es war so beruhigend, wie wenn man ins Bett schlüpft und mit den Füßen nach der Wärmflasche tastet.

In zwanzig Minuten oder einer halben Stunde würde Madame Lange herunterkommen und das Essen aufsetzen, um dann wieder hinaufzugehen und im zweiten Stock sauberzumachen, den sie und ihre Tochter bewohnten.

Auch in Wilna hatte das Alltagsleben einen regelmäßigen Rhythmus gehabt, der von den Säge- und Hobelgeräuschen in der Werkstatt seines Vaters skandiert wurde, doch diesen Rhythmus hatte er immer gehaßt, und in seiner Kindheit und Jugendzeit hatte er sich nichts sehnlicher gewünscht, als ihm für immer zu entfliehen.

Oben auf der Treppe fragte eine Stimme:

»Brennt auch nichts an, Monsieur Elie?«

»Nein, Madame.«

Seit Lenizewski nach den letzten Examen in seine

Heimat zurückgekehrt war, war Elias der langjährigste Untermieter im Haus. Als er vor drei Jahren hier ankam, sprach er noch kein Wort Französisch. Er hatte Stan Malewitz einziehen sehen, der Gymnastikstunden gab, um sein Studium mitzufinanzieren, ein Jahr später dann, 1925, Lola Resnick, die im Kaukasus geboren worden war und die ihre Eltern bei Ausbruch der Revolution nach Istanbul gebracht hatten, wo diese immer noch lebten. Lola hatte die letzten Ferien dort bei ihnen verbracht. Auch Stan fuhr in den Ferien nach Hause, nach Polen. Nur Elias war so arm, daß er die Reise nicht bezahlen konnte. Wenn er genug Geld gehabt hätte, wäre er verpflichtet gewesen heimzufahren.

Leah, seine ältere Schwester, hatte ihm geschrieben:

Vater möchte, daß Du uns schreibst, ob Lüttich so ähnlich wie Wilna ist, wie die Häuser dort sind, wie man dort ißt und ob es eine Synagoge gibt.

In Wilna wohnten sie in der Oszmianski-Straße, zweihundert Meter von der Tagorah-Synagoge entfernt, die im Leben der Familie und des Viertels einen wichtigen Platz einnahm. Auch in Lüttich gab es eine Synagoge, die er zufällig entdeckt und in die er nie einen Fuß gesetzt hatte.

Er hörte das Scheppern des Eimers, die Schritte der Hauswirtin, die ihre Putzutensilien in den Hof hinausstellte und dann, sich die Hände an ihrer Schürze abtrocknend, in die Küche kam .

»Haben Sie Kohlen nachgelegt?«

Sie schürte selbst noch einmal nach. Das Haus hatte,

genau wie das in Wilna, seine eigenen Rituale. Zum Beispiel stand zu beiden Seiten des Herds je ein Kohlenkübel, denn zum Kochen nahm man nicht den gleichen, wie wenn man nur leicht einheizen wollte. Man mußte auch genau wissen, wie weit der Schieber, der die Luftzufuhr regelte, zu öffnen war.

»Bleiben Sie noch hier? Kann ich in mein Zimmer hinaufgehen?«

Im Grunde war sie froh, daß wenigstens einer ihrer Untermieter noch ärmer war als sie.

»Sie können sich einen Teller Suppe nehmen. Sie ist noch nicht durchpassiert, aber wenn sie oben abschöpfen...«

»Nein, danke, Madame.«

Er wußte, daß es sie erzürnte, wenn er ihr Angebot immer wieder ausschlug, aber er konnte einfach nicht anders, und sie wußte es auch. Manchmal stritten sie deswegen. Einmal hatte sie geweint.

»In einer Viertelstunde bin ich wieder unten.«

Er war nie in den zweiten Stock hinaufgegangen. Dort war das Reich der beiden Frauen. Dort oben gab es keine Heizung, denn es wurden nie Kohlen hinaufgetragen, und das Licht kam nur durch Dachluken herein. Die besten Möbel hatte man natürlich in die Zimmer der Untermieter gestellt.

Sobald sie ihr eigenes Bett und das ihrer Tochter gemacht hatte, zog sich Madame Lange um, frisierte sich, band sich eine frische Schürze um.

Sie war vor zehn Minuten hinaufgegangen und war vermutlich gerade ausgekleidet, als jemand an der Haustür klingelte, jemand, der nicht zum Haus gehörte, denn er hatte zu heftig gezogen und fast den Glockenstrang abgerissen.

Elias wartete einen Augenblick ab, lauschte auf die Geräusche von oben.

»Macht es Ihnen etwas aus aufzumachen?«

»*Tout de suite, Madame!*«

Bestimmte französische Ausdrücke gefielen ihm besonders gut, und »tout de suite«, »sofort«, war einer seiner Lieblingsausdrücke.

Während er durch den marmoriert gestrichenen Flur ging, sah er in dem schmalen Lichtstreifen, der unter der Tür durchsickerte, den Schatten von zwei Beinen. Er machte auf, stand vor einem Mann etwa in seinem Alter und runzelte die Stirn, als befiele ihn eine böse Vorahnung. Wenn er gewagt hätte, seinem ersten Impuls zu folgen, hätte er die Tür wieder zugemacht und zu Madame Lange gesagt, es sei ein Bettler gewesen, wenn sie gefragt hätte. Es klingelten fast jeden Tag welche an der Tür.

Der Schulhof gegenüber war jetzt leer. Auf der Straße war niemand, bis auf den jungen Mann vor der Tür, der Elias neugierig und überrascht musterte.

Statt gleich zu sagen, was er wollte, ließ er sich Zeit und überlegte. Sein Blick glitt von Elias' rötlichen, beinahe krausen Haaren zu den vorstehenden Augen und breiten Lippen und schließlich zu seinen Kleidern hinab, die wie der Mantel noch aus Wilna stammten, und endlich sagte er mit einem leisen Lächeln:

»Sie sind Pole, nehme ich an?«

Er hatte polnisch gesprochen, mit einem Akzent, der Elias bekannt vorkam.

»Ja. Was wünschen Sie?«

»Ich komme wegen des Zimmers.«

Er deutete mit dem Kinn auf den Zettel, der an einem der Fenster im Erdgeschoß klebte und verkündete, daß ein möbliertes Zimmer frei war.

»Sie sind wohl auch Student?« fragte er weiter.

Er schien verwundert, daß Elias sein Lächeln nicht erwiderte und ihn auf dem Trottoir stehenließ, statt ihn hereinzubitten. Oben im Treppenhaus fragte Madame Lange:

»Wer ist es, Monsieur Elias?«

»Jemand wegen des Zimmers.«

»Würden Sie ihn hereinführen? Ich komme gleich herunter.«

Der Neuankömmling hatte sie gehört, aber er hatte wohl nicht verstanden und behielt seinen fragenden Gesichtsausdruck bei. Er war kein Pole, sondern Rumäne.

»Treten Sie ein. Die Hausbesitzerin kommt gleich.«

Elias wich ein Stück in den Flur zurück, um dem Fremden Platz zu machen, und war im Begriff, in die Küche zurückzukehren und ihn einfach stehenzulassen. Er hätte ihm auch die Tür zum vorderen Zimmer öffnen können, denn das war das Zimmer, das zu vermieten war.

Es war das schönste im ganzen Haus und war früher einmal das Wohnzimmer gewesen. Die Tapete war granatrot. Außer dem Bett enthielt es noch ein Sofa, auf das Elias immer voller Neid geblickt hatte.

»Sprechen Sie Französisch?« radebrechte der Rumäne, bevor er sich verdrücken konnte.

Er nickte.

»Ich nicht. Ich bin eben erst angekommen. Ich hätte schon vergangenen Monat, zum Beginn der Vorlesungen, hier sein sollen. Aber im letzten Moment mußte ich mir den Blinddarm operieren lassen.«

Er redete unbeschwert drauflos, froh, jemanden gefunden zu haben, der ihn verstand. Und da Madame Lange gerade die Treppe herunterkam, fügte er hinzu:

»Macht es Ihnen was aus, hierzubleiben und zu übersetzen?«

Noch bevor sie ganz unten war, rief Madame Lange, die nach Seife duftete, mißbilligend:

»Haben Sie ihn nicht in das Zimmer geführt? Seit wann empfängt man die Leute im Flur?«

Sie wußte, daß Elias eifersüchtig war, und er wußte, daß sie es wußte. Sie kannten einander genau, und oft spielte sich zwischen ihnen eine Art Kleinkrieg ab. So war es ihr jetzt auch ein wenig peinlich, vor ihm ihre zuckersüße Miene aufzusetzen, um den möglichen Untermieter zu begrüßen.

»Sie müssen entschuldigen, Monsieur. Monsieur Elie ist immer so zerstreut, daß er die guten Manieren ganz vergißt.«

Sie stieß die Tür zum granatroten Zimmer auf, während Elias mit Genugtuung sagte:

»Er versteht kein Französisch.«

»Ist es wahr, daß Sie kein Französisch sprechen?«

Er war ebenfalls Jude, aber ein ganz anderer Typ als Elias. Er hatte glattes braunes Haar, tiefschwarze Augen, einen dunklen Teint und war eleganter gekleidet als die meisten Studenten. Unter den Tausenden von Ausländern, die die Vorlesungen an der Universität besuchten, gab es allenfalls zwei, drei Dutzend wie ihn, deren Eltern reich waren und die öfters in den Cafés als in den Hörsälen zu sehen waren.

»Sagen Sie ihm, Monsieur Elie, daß es das beste Zimmer im ganzen Haus ist. Es ist ein bißchen teurer als die anderen, aber...«

Elias übersetzte mit ausdrucksloser Stimme.

»Was sagt er?«

»Er fragt, ob er Vollpension haben kann.«

»Es gibt Frühstück. Wie wir es mit dem Abendessen halten, wissen Sie ja. Was das Mittagessen betrifft...«

Er übersetzte, und der Rumäne antwortete.

»Was sagt er?«

»Er hätte lieber Vollpension.«

Das Zimmer stand seit drei Monaten leer, und da die Vorlesungen bereits begonnen hatten, bestand wenig Hoffnung, es vor dem nächsten Jahr zu vermieten.

»Sagen Sie ihm, es kommt darauf an. Normalerweise mache ich es nicht. Aber man könnte sich vielleicht einigen...«

War ihr aufgefallen, daß sich der Neuankömmling parfümiert hatte? Elias selbst hatte es mit heimlicher Genugtuung bemerkt, denn er wußte, daß Madame Lange für Männer, die sich parfümierten, nur Verachtung übrig hatte.

»Er ist nicht anspruchsvoll, sagt er. Er möchte nur gern in einer Familie leben, damit er schneller Französisch lernt. Im ersten Jahr wird er kaum Vorlesungen besuchen.«

Es ging noch zehn Minuten hin und her.

»Wie heißt er?«

»Mikhail Zograffi. Er möchte, daß Sie ihn Michel nennen.«

»Fragen Sie ihn, wann er einziehen möchte. Mit dem Preis ist er ja wohl einverstanden.«

Elias übersetzte weiter, bald zu ihm, bald zu ihr gewandt.

»Sobald Sie es erlauben. Wenn es geht, gleich nach dem Mittagessen. Sein Gepäck ist im Hotel am Bahnhof.«

Beim Hinausgehen verbeugte sich Mikhail Zograffi, ergriff die Hand von Madame Lange, die darauf nicht gefaßt war, und küßte sie, während sie errötete, vielleicht aus Verlegenheit, vielleicht vor Freude.

»Ein wohlerzogener junger Mann«, murmelte sie, als die Tür sich hinter ihm schloß.

Dann ließ sie ihrer Freude freien Lauf.

»Das Zimmer ist vermietet, Monsieur Elie! Was sagen Sie dazu? Ich fürchtete schon, es den ganzen Winter leerstehen zu haben! Wie kommt es, daß er polnisch spricht wie Sie, wo Sie doch gesagt haben, daß er Rumäne ist?«

»Vielleicht kommt er aus dem Grenzgebiet? Oder vielleicht ist seine Mutter Polin? Es könnte auch sein, daß sein Vater polnischer Abstammung ist.«

»Er hat nicht über den Preis verhandelt. Ich hätte mehr verlangen sollen.«

Für sie war Elias mehr ein Familienmitglied als ein Untermieter.

»Glauben Sie, daß er reich ist? Haben Sie den Siegelring an seinem Finger gesehen?«

Sie waren beide wieder in der Küche. Sie nahm ein Stück Fleisch aus dem Wandschrank, zerließ Butter in einem Schmortopf, schälte eine Zwiebel.

»Sie brauchen nicht in Ihr Zimmer hinaufzugehen. Ich lasse Sie jetzt arbeiten.«

Er war schlecht gelaunt und tat, als sei er in seine Bücher vertieft.

»Ich werde zwar ein bißchen mehr Arbeit haben, wenn ich für ihn kochen muß, aber die Mühe lohnt sich. Glauben Sie, daß die Rumänen so essen wie wir?«

Was er mochte oder nicht mochte, darum hatte sich nie jemand Gedanken gemacht. Er war allerdings auch kein Kostgänger und kaufte sich sein Essen selbst. Richtige Pensionsgäste hatte man in diesem Haus nie gehabt, aus dem einfachen Grund, weil keiner der Untermieter reich genug gewesen war.

Ob es nun Lola, Stan Malewitz oder Elias war, jeder hatte seine kleine Kaffee- oder Teekanne, dazu eine Blechdose mit Brot, Butter, Wurst oder Eiern.

Damit die Zimmer nicht mit Spirituskochern schmutzig gemacht wurden, vor allem aber aus Angst vor einem Brand, ließ Madame Lange sie die Küche benutzen und erlaubte ihnen, sich zum Essen an den gemeinsamen Tisch zu setzen.

Lola und Stan aßen auswärts zu Mittag. Nur Elias blieb zu Hause und briet sich jeden Tag ein Ei.

»Sie sollten lieber Fleisch essen, Monsieur Elie. In Ihrem Alter braucht man Kraft!«

Er schüttelte den Kopf und erwiderte:

»Ich esse keine toten Tiere.«

Einmal hatte er hinzugefügt:

»Das ist ekelhaft.«

Wirklich war er anfangs ein überzeugter Vegetarier gewesen. Später dann kam es schon mal vor, daß beim Geruch eines brutzelnden Steaks seine Nasenflügel zitterten, aber er hatte sein Budget ein für allemal festgelegt, und sein Speiseplan war unveränderlich: morgens ein Becher Joghurt, ein Brötchen und eine Tasse Tee; mittags ein Ei, Brot und Margarine, abends Brot und ein Ei.

»Glauben Sie, daß er sich hier im Haus eingewöhnen wird?«

»Warum sollte er sich nicht eingewöhnen?«

»Er ist sicher an ein luxuriöseres Leben gewöhnt.«

Madame Lange behauptete gern, daß sie reiche Leute nicht leiden könne, daß sie alle Egoisten seien, aber sie konnte nicht anders, als sie mit Respekt zu behandeln.

»Ist es schön in Rumänien?«

»Wie in jedem Land.«

»Störe ich Sie bei der Arbeit?«

»Ja«, antwortete er kalt.

Sie nahm es ihm übel und sagte kein Wort mehr, während sie um ihn herum in der Küche werkelte.

Eine halbe Stunde später schloß jemand die Haustür auf. Es war Louise, Madame Langes Tochter, die zum Mittagessen kam, und das bedeutete, daß es zwanzig nach zwölf war, denn für den Rückweg von der Telefonzentrale, in der sie arbeitete, brauchte sie etwa zwanzig Minuten.

Im Flur legte sie Mantel und Hut ab, schüttelte ihr Haar, betrachtete im Spiegel kurz ihr Gesicht, das genau wie das ihrer Mutter immer müde wirkte.

Madame Lange hatte die Küchentür halb geöffnet.

»Gute Nachricht!« rief sie.

»Was denn?« fragte das junge Mädchen gleichgültig.

»Ich habe vermietet!«

»Das rote Zimmer?«

Die Frage war überflüssig, denn ein anderes freies Zimmer gab es nicht.

»Ja. Du errätst nie, für wieviel. Allerdings werde ich Vollpension machen müssen.«

»Ah!«

Louise kam herein, ohne Elias zu begrüßen, den sie schon morgens gesehen hatte und jeden Mittag in der Küche antraf, lüpfte den Topfdeckel und fragte:

»Wo willst du für ihn decken?«

»Im Eßzimmer natürlich.«

»Und wir?«

»Wir essen weiterhin in der Küche.«

Sie sah zu Elias hinüber, der den Kopf gehoben hatte, und sie schienen sich zu verstehen. Sämtliche Hausbewohner würden durch den neuen Untermieter aus ihrer gewohnten Ordnung gerissen werden.

»Wie du willst. Mich geht das nichts an. Aber beklage dich nicht wieder, daß du so müde bist.«

»Wenn er allein so viel bezahlt wie die drei anderen zusammen, lohnt sich die Mühe doch, oder?«

Es war, als hätte sich die Atmosphäre um sie herum eingetrübt. Noch hatte sich im Haus nichts verändert. Die Gegenstände und Gerüche waren noch an ihrem gewohnten Platz, auf der weißen Hofwand war wie immer zu dieser Stunde ein Sonnenfleck zu sehen, und Elias packte seine Bücher und Hefte zusammen, damit der Tisch gedeckt werden konnte, doch der Tonfall, die Verhaltensweisen waren schon nicht mehr dieselben.

»Wohin gehen Sie, Monsieur Elie?«

»Ich bringe meine Sachen nach oben.«

Vom Flur aus glaubte er zu hören, wie Madame Lange halblaut zu ihrer Tochter sagte:

»Er ist eifersüchtig.«

Als er herunterkam, hatte man eine rotkarierte Tischdecke über das Wachstuch gebreitet, und Louise deckte den Tisch. Ob sie eines Tages ihrer Mutter ähnlich sehen würde? Sie war größer als diese, aber nur ein wenig, und genauso mager, und sie hatte die gleichen blonden Haare, die gleichen blaßgrauen Augen.

Anstelle der Entschlossenheit, die aus den Zügen ihrer Mutter sprach, drückten die ihren eine dumpfe Schwermut aus, und selbst wenn sie lächelte, tat sie es nur halbherzig und obendrein selten, als fürchte sie, das böse Schicksal aufzuwecken.

Als Kind war sie wegen einer Knochenkrankheit zweimal für mehrere Monate ans Bett gefesselt gewesen und hatte jahrelang ein Metallkorsett tragen müssen.

Die Ärzte behaupteten, daß sie geheilt sei und ein Rückfall alles andere als wahrscheinlich. Glaubte sie ihnen etwa nicht?

Elias fand sie schön. Er hatte noch nie jemanden mit so feiner, zarter Haut gesehen, nie jemanden, der einen so zerbrechlichen Eindruck machte. Er flirtete nicht mit ihr. Er kam gar nicht auf die Idee. Aber während er für seine Schwestern nie etwas empfunden hatte, befriedigte und verwirrte ihn der Gedanke, daß Louise für ihn so etwas wie eine Schwester war.

Mittags, wenn Lola und Stan nicht da waren, wurde in der Küche gegessen, so mußte man nicht extra im Eßzimmer Feuer machen und mit Tellern und Schüsseln hin- und herlaufen. Das war Elias' liebste Tageszeit. Jeder hatte seinen festen Platz am Tisch. Louise saß ihm gegenüber, Madame Lange mit dem Rücken zum Herd. Er holte seine Blechdose aus dem Wandschrank, nahm die kleine Pfanne, die ihm selbst gehörte, vom Haken, briet sein Ei und stellte sein Brot und seine Margarine auf den Tisch.

»Ißt man in Ihrem Land kein Fleisch?«

»Die anderen schon.«

»In welchem Alter haben Sie zum letzten Mal welches gegessen?«

»Mit sechzehn.«

Das stimmte. Er hatte eine mystische Phase durchgemacht und mit der leidenden Kreatur mitgelitten.

»Hoffentlich ist er nicht zu schwierig.«

Sie dachte an den neuen Untermieter und war ein wenig besorgt. Es war ihr peinlich, daß sie der Verlockung einer zusätzlichen Einnahme nicht hatte widerstehen können, und sie merkte, daß die anderen ihre Entscheidung als Verrat betrachteten.

»Er muß aus gutem Hause kommen. Möchten Sie wirklich keine Suppe, Monsieur Elie?«

»Nein, danke, Madame.«

»Wie oft fragst du ihn denn noch, Maman?«

»Es will mir nicht in den Sinn, wie man so stolz sein kann.«

Sie suchte Streit, gerade weil sie kein ruhiges Gewissen hatte. Es kam immer mal wieder vor, daß sie sich mit Elias zankte, der in diesen Fällen die Küche verließ, die Tür hinter sich zuknallte und sich in sein Zimmer verkroch. Einmal war dabei eine der Glasscheiben zu Bruch gegangen.

Madame Lange brauchte ein, zwei Stunden, bis sie sich beruhigte und ihre Gewissensbisse sich legten.

Am Nachmittag waren sie wieder allein im Haus. Auf Zehenspitzen ging sie schließlich ins Zwischengeschoß hinauf, legte den Kopf schräg und horchte.

»Monsieur Elie!« rief sie leise.

Er tat, als ob er es nicht hörte, und sie ließ sich herbei, an die Tür zu klopfen.

»Was ist?« fragte er, ohne aufzustehen.

»Darf ich reinkommen?«

An solchen Tagen schloß er sich ein. Er schmollte.

»Ich muß arbeiten. Sie können durch die Tür sprechen.«

Sie wußte, daß er zuweilen Wutanfälle wie ein Kind bekam. Dann warf er sich auf sein Bett, biß ins Kopfkissen. Er weinte zwar nicht, stieß aber Worte hervor, die wie Drohungen klangen. Wenn er endlich wieder herunterkam, wirkte sein Gesicht verquollen, seine Augen standen noch weiter vor und sahen aus, als wollten sie ihm aus dem Kopf fallen.

Als er vor drei Jahren ins Haus gekommen war, hatte sie ihre Tochter ermahnt:

»Paß auf, daß du ihn nicht zu sehr anstarrst. Er ist dermaßen häßlich! Er könnte erraten, was du denkst.«

Jetzt fiel es keinem mehr auf, und sie kam auch nicht mehr auf die Idee, ihn mit einer Kröte zu vergleichen.

»Weißt du, Louise, daß der Neue kein Wort Französisch spricht? Er muß gestern oder vorgestern angekommen sein, und irgend jemand hat ihm von dem Zimmer erzählt.«

Immer wieder kam sie auf ihn zu sprechen, denn obschon sie es sich nicht anmerken lassen wollte, ließ er ihr keine Ruhe.

»Es ist jedesmal das gleiche. Am Anfang macht man sich unnütze Sorgen, weil man die Leute nicht kennt. Als Monsieur Lenizewski vor sechs Jahren eingezogen ist, dachte ich, ich könnte ihn keine Woche ertragen. Ich weiß noch, wie ich ihn am zweiten Tag darauf hinwies, daß er die Türen zu heftig zuschlug und sie ruinieren werde.

›Wenn ich sie kaputtmache, bezahle ich sie!‹ hat er da geantwortet.

Geweint habe ich deswegen! Trotzdem ist er vier Jahre geblieben, und seine Mutter ist sogar angereist gekommen, um sich bei mir zu bedanken.«

Sie stand immer wieder auf, um irgend etwas vom Herd zu nehmen und um sich selbst und ihre Tochter zu bedienen.

»Bist du erkältet?«

»Nein«, behauptete Louise. Auch sie hatte jeden Winter ihre Erkältung, aber bei ihr war es ein Husten, der wochenlang dauerte.

»Du atmest schwer.«

»Vielleicht, weil es mir zu warm ist.«

Es war immer zu warm in der Küche, die Scheiben waren ständig beschlagen, und genau das war es, was Elias so schätzte. Nachmittags, wenn Madame Lange die Läden im Viertel abklapperte und er allein im Haus war, setzte er sich auf einen Stuhl vor den Herd und steckte die Füße in den Backofen.

»Wann zieht er ein?«

»Heute nachmittag.«

Um zehn nach eins ging Louise, denn sie begann um halb zwei wieder zu arbeiten. Elias packte seine Sachen in die Blechdose, spülte seinen Teller und sein Besteck ab, während die Hausherrin den Tisch abräumte.

Auch das war einer ihrer Streitpunkte.

»Wenn Sie mir dauernd im Weg stehen, ist mir das lästiger, als wenn Sie mich Ihr Geschirr abwaschen lassen.«

Er gab keine Antwort, machte sein trotziges Gesicht.

»Können Sie mir vielleicht sagen, warum Sie sich so dagegen wehren? Ein Teller mehr oder weniger...«

Er dachte sich schon etwas dabei. Er wollte nichts geschenkt bekommen. Er hätte ihr auch antworten können, daß sie ihm eines Tages vorhalten könnte, was sie für ihn getan hatte. Genau das war bei einem Mieter vorgekommen, der nur drei Monate geblieben war. Er war auch arm gewesen. Anfangs hatte Madame Lange ihn den anderen als Vorbild hingestellt: »Er ist so ruhig und bescheiden!«

Er hatte den Fehler gemacht, die Schale Suppe, die es um elf Uhr gab, anzunehmen und einmal, als er krank wurde, einen Eimer Kohlen, der ihm nicht berechnet wurde.

Eines Tages verkündete er, daß er ausziehen wolle, und man hatte in Erfahrung gebracht, daß er in eine andere Pension in der gleichen Straße umgezogen war, in der die Untermieter Damenbesuch empfangen durften.

Madame Lange hatte acht Tage lang von nichts anderem geredet und redete noch fast ein Jahr später davon.

»Wenn ich daran denke, was ich für ihn getan habe! Er trug immer durchlöcherte Socken, und ich holte sie aus seinem Zimmer, um sie heimlich zu flicken. Glauben Sie, daß er sich auch nur einmal dafür bedankt hat? Er tat, als würde er es nicht merken. Einmal, als er einen Brief aus seiner Heimat bekam und ziemlich bedrückt wirkte, habe ich ihn gefragt:

›Schlechte Nachrichten, Monsieur Sacha? Es ist doch hoffentlich niemand aus Ihrer Familie krank?‹

Und er antwortete mir nur:

›Das geht nur mich was an.‹«

Die Küche war aufgeräumt.

»Gehen Sie Ihre Bücher holen, Monsieur Elie, Sie können sich an den Tisch setzen.«

Er schüttelte den Kopf.

»Was ist denn?«

»Nichts. Ich muß weg.«

Das stimmte nicht. Sie spürte es. Auch damit wollte er seine Verstimmung zeigen. Er hatte keine Freunde. An der Universität hatte er um diese Zeit nichts zu tun. Er war nicht der Typ, der nur zum Spaß durch die Straßen bummelte, noch dazu bei kaltem Wetter.

Wenn er ausging, dann nur, um nicht zu Hause zu sein, wenn der neue Untermieter kam.

»Wie Sie möchten!«

Kurz darauf sah sie ihn herunterkommen, einen gestrickten Wollschal um den Hals, die Hände in den

Taschen seines zu langen Mantels, dessen grünliche Farbe schon genügte, ihn als Ausländer zu kennzeichnen.

Er knallte laut die Tür hinter sich zu, und auch das war ein Zeichen.

2

Die Briefe aus Bukarest und die Spitzenvorhänge

Den ganzen Tag über war der Himmel so kalt und fahl geblieben wie beim Morgengrauen, und jetzt, um drei Uhr nachmittags, schwebten ein paar Schneeflocken durch die Luft herab, die so leicht waren, daß sie sich spurlos auflösten. Gegenüber, in den Schulzimmern, hatte man die Lampen eingeschaltet.

Wie jeden Donnerstag war Madame Lange fein herausgeputzt zum Einkaufen in die Stadt gegangen und würde nicht vor fünf zurück sein; vielleicht holte sie um halb sechs Louise in der Telefonzentrale ab, die auf ihrem Weg lag.

Schon seit einer Stunde war Elias allein im Haus, saß mit seinen Büchern in der überheizten Küche. Das Blut war ihm in den Kopf gestiegen, und seine Augen glänzten fiebrig wegen des Schnupfens. Wenn er nicht ausging, trug er keine Krawatte, und oft behielt er unter der Jacke den ganzen Tag lang sein Nachthemd an. Er rasierte sich nur zwei-, dreimal in der Woche, und heute waren die rötlichen Bartstoppeln auf seinen Wangen einen halben Zentimeter lang.

In der ersten Zeit, die er hier war, hatte Madame Lange einmal gesagt:

»Ich verstehe nicht, daß Sie in Ihrem Alter nicht ein bißchen eitler sind.«

Vor den letzten Worten hatte sie unmerklich gezögert. Denn was sie in Wirklichkeit meinte, war »reinlicher«.

»Manchmal frage ich mich«, hatte sie dann hinzugefügt, »ob Sie das nicht absichtlich machen.«

Sie hatte diesen Gedanken nicht genauer erläutert, aber ihr Blick war über Elias' immerzu schwarz geränderte Fingernägel geglitten.

Der Rumäne war vielleicht in der Universität, wo er sich in der Fakultät für Bergbau eingeschrieben hatte. Möglicherweise hielt er sich auch in einem der Cafés der Innenstadt auf, in Gesellschaft seiner Landsleute, denn er hatte zwei oder drei ausfindig gemacht.

Er hatte sich noch nicht einmal völlig in das Leben der Hausgemeinschaft eingefügt, und trotzdem war er, seit er vor einer Woche zum ersten Mal über die Schwelle trat, schon die Hauptperson. Selbst wenn er gar nicht anwesend war, drehte sich alles nur um ihn.

Morgens zum Beispiel achtete die Hauswirtin darauf, keinen Lärm zu machen, weil er lange im Bett liegenblieb, und man hörte, wie sie Lola und Stan ermahnte, die früh hinaus mußten:

»Geht auf Zehenspitzen durch den Flur. Und macht die Tür leise zu!«

Bevor sie hinaufging, um die Zimmer sauberzumachen, wandte sie sich zu Elias:

»Sein Frühstückstisch ist gedeckt. Sagen Sie ihm, daß die Butter im Schrank steht. Passen Sie auf mein Feuer auf?«

Im Gegensatz zu Elias war der neue Untermieter übertrieben reinlich und verbrachte viel Zeit mit seiner Toilette. Da es im Haus keine Badewanne gab, ging er alle zwei Tage in eine Badeanstalt im Viertel, und er hatte Elias sogar gefragt, ob es in der Stadt kein türkisches Bad gäbe.

Seine Eltern waren wie er. Leute, die einer Welt angehörten, die Elias immer nur aus der Ferne gesehen hatte. Eines Morgens, als Mikhail ausgegangen war, hatte Madame Lange, die in seinem Zimmer staubwischte, zwei Fotos in die Küche gebracht, wo Elias arbeitete. Jedes steckte in einem Rahmen aus massivem Silber.

»Schauen Sie sich seine Mutter an. Sie sieht fast so jung aus wie er, dabei ist es ein neueres Foto, das sehe ich an ihrem Kleid.«

Sie war von jener ausgefallenen Schönheit, wie man sie eigentlich nur bei Schauspielerinnen sieht, genauer gesagt erinnerte sie mit ihrer stolzen Haltung an eine Sängerin.

Auch der Vater sah auf seine Art gut aus, ziemlich klein und hager, mit einem schmalen, eigenwilligen Gesicht.

Schon am zweiten Abend mußte Elias den Dolmetscher spielen und für Madame Lange übersetzen.

»Fragen Sie ihn, ob sein Vater Geschäftsmann ist.«

Er wiederholte die Frage auf polnisch, und Mikhail gab bereitwillig Auskunft.

»Mein Vater ist Tabakhändler. Er ist viel auf Reisen. Eigentlich ist er fast immer unterwegs, denn er besitzt Tabakläden in Bulgarien, in der Türkei und in Ägypten.«

»Begleitet ihn seine Frau dabei?«

Mit dem Anflug eines Lächelns erwiderte Mikhail:

»Selten. Sie bleibt meistens zu Hause.«
»Hat sie noch andere Kinder?«
»Nur noch eine Tochter, die ist fünfzehn.«

Alle zwei Tage schrieb Frau Zograffi ihrem Sohn einen langen Brief, und nach dem Aufstehen ging dieser jeden Morgen als erstes, noch im Schlafanzug, zum Briefkasten.

»Haben Ihre Eltern viel Personal?«

»Nur drei Hausangestellte, außer dem Chauffeur«, antwortete Mikhail verlegen.

Louise saß währenddessen in ihrer Ecke und nähte, ohne aufzublicken. Sie stellte nie Fragen und machte auch nicht den Eindruck, als ob sie zuhörte, und wenn sie dem Rumänen begegnete, beschränkte sie sich darauf, ihm zuzunicken oder anstelle eines »Guten Tag« leicht die Lippen zu bewegen. Man hätte fast meinen können, daß sie es vermied, ihm ins Gesicht zu sehen.

Mittags herrschte auch noch nach mehreren Tagen eine etwas unbehagliche Stimmung. Elias und die beiden Frauen aßen weiterhin in der Küche, während Mikhail sein Mittagessen ganz allein im Eßzimmer einnahm. Madame Lange stand unentwegt auf, um ihn zu bedienen. Jeden Tag gab es für ihn etwas Besonderes, und er hatte Anspruch auf einen Nachtisch, bestehend aus Dörrobst oder Gebäck.

Abends aßen alle im Eßzimmer, wie schon vor seiner Ankunft. Die Alten holten ihre Weißblechdosen und verzehrten ihr eigenes Essen, nur dem Neuen wurde etwas Warmes aufgetischt.

Er hatte keine Bemerkung darüber gemacht. Außer wenn er gefragt wurde, vermied er es ohnehin, zu sprechen oder seinen Mitbewohnern allzu große Aufmerksamkeit zu widmen. Außerdem führte abends fast immer Lola das Wort, erzählte in einem Mischmasch aus Französisch, Russisch und Türkisch ihre Geschichten, lachte ohne jeden Grund, daß ihr üppiger Busen wackelte.

Sie war auf ihre Art ein prächtiges Mädchen, fett, aber trotzdem eine blendende Erscheinung. Sie war immer guter Laune und aß von morgens bis abends Bonbons. Sie gab sich als Studentin aus, in Wirklichkeit aber ging sie nicht auf die Universität, für die sie nicht einmal die Aufnahmeprüfung bestanden hätte, sondern besuchte eine private Handelsschule, über die sie sich lieber ausschwieg.

Nach dem Essen ging jeder wieder in sein Zimmer, während Madame Lange das Geschirr abwusch, und aus Höflichkeit ging Elias meistens als erster hinaus, obwohl er der einzige war, bei dem nicht geheizt war.

Stan arbeitete bis spätnachts, das wußte Elias, weil er auf der anderen Hofseite Licht bei ihm sah. Lola las vermutlich, oder sie machte gar nichts, lag nur auf ihrem Bett, mit dem Blick zur Decke, träumte vor sich hin und naschte Süßigkeiten.

Mikhail Zograffi war schon zweimal ausgegangen, und das erste Mal hatte Madame Lange noch einmal aufstehen müssen, um ihm die Haustür zu öffnen, weil er seinen Schlüssel vergessen hatte.

Eines Abends, als er vom Tisch aufstand, fragte er Elias:

»Möchten Sie nicht auf ein Glas mit in die Stadt kommen?«

Er war kaum merklich errötet, als der Pole ihm erwiderte:

»Ich trinke nie.«

Das war auch die Wahrheit.

»Wir können ja Tee trinken.«

»Ich kann Cafés nicht leiden.«

Er kannte sozusagen gar keins, denn er begnügte sich damit, im Vorbeigehen einen verstohlenen Blick hineinzuwerfen. In manchen ging es genauso ruhig und gemütlich zu wie in Madame Langes Küche, man sah Studenten, die stundenlang vor ihren Getränken saßen und plauderten, während andere im Nebenraum friedlich Billard spielten.

Er zog es vor, niemandem etwas zu schulden, nicht einmal ein Glas Bier oder eine Tasse Tee. Hatte Mikhail das gemerkt? Hatte er sich über die Abfuhr geärgert? Es war schwer zu sagen.

An jenem Donnerstag dachte Elias nur an das, was er tun würde, sobald Madame Lange aus dem Haus war, und jetzt zögerte er bereits eine ganze Stunde lang, zwang sich zu arbeiten und schämte sich der Versuchung, der er – das war ihm klar – schließlich doch nachgeben würde.

Als er aufstand, um Kohlen nachzulegen, und im Hof die Schneeflocken durch die von keinem Windhauch bewegte Luft wirbeln sah, beschloß er, der Verlockung nicht länger zu widerstehen, verließ die Küche, ging durch den Flur zur Haustür und warf einen Blick auf die leere, kalte Straße.

Mikhail war die ganze Woche kein einziges Mal vor fünf Uhr nachmittags nach Hause gekommen, meistens war es sogar fast sechs, wenn er den Schlüssel ins Schloß steckte.

Zum ersten Mal, seit der neue Untermieter im Haus war, betrat Elias das granatrote Zimmer, wo wegen des Stubenofens, in dem man die Flammen über der Glut tanzen sah, die Wärme anders war als in der Küche, noch milder und anheimelnder.

Es war noch nicht dunkel, aber da Vorhänge die Fenster verhüllten, herrschte beinahe Dämmerlicht, und in den Zimmerecken begannen sich die Konturen der Gegenstände aufzulösen.

Da es früher einmal das Wohnzimmer gewesen war, waren die beiden Fenster in diesem Zimmer reicher ausgestattet als in den anderen, mit Spitzengardinen über die ganze Fensterscheibe und schweren, seitlich gerafften Samtvorhängen, wie Gewänder aus alten Zeiten. Auf den Fensterbänken standen Blumenkästen aus gehämmertem Kupfer, in denen Grünpflanzen wuchsen.

Die beiden silbern gerahmten Fotos von Mikhails Eltern standen auf dem Kaminsims, dazwischen lagen einige Schachteln türkische Zigaretten. Der dunkle Eichentisch, früher der Eßtisch der Familie, war mit Büchern und Papieren überhäuft, darunter ein französisch-rumänisches Wörterbuch, aus dem der frisch immatrikulierte Student, im Zimmer auf und ab gehend, stundenlang Vokabeln paukte.

Elias ging auf die Kommodenschublade zu, auf Zehenspitzen und mit verstohlenen Bewegungen, als ob es darauf ankäme, keinen Lärm zu machen, als ob er nicht allein im Haus wäre. Immer wieder drehte er sich schnell zu den Fenstern um, durch die ihm die Straße wie nebelverhangen erschien.

Das erste, was er in der Schublade entdeckte, war eine bunte Dose, die Mikhail vor drei Tagen erhalten hatte und die türkischen Honig enthielt. Es fehlten nur fünf oder sechs Stück. Elias verschloß die Dose zunächst wieder, ohne die Leckerei anzurühren, und griff nach einem der Briefe, die in derselben Schublade gestapelt waren.

Waren diese Briefe der Grund, weshalb er hier war, wie ein Dieb, mit einem beklemmenden Gefühl in der Brust und sogar in den Gliedern, die von einem unkontrollierbaren Zittern erfaßt wurden? Vielleicht hätte er es selbst nicht sagen können. Er folgte einem Bedürfnis. Und ein Bedürfnis war es für ihn auch, noch einmal die Dose zu öffnen, ein Stück türkischen Honig herauszunehmen und es sich in einer lachhaften, kindischen Geste auf einmal in den Mund zu stopfen.

Von Mikhail wußte er, daß Frau Zograffi aus Warschau stammte und ihrem Sohn auf polnisch schrieb.

Mikhail, mein liebster Schatz,
Wenn Dein Vater erführe, daß ich Dir alle zwei Tage schreibe, würde er wieder mit mir schelten und behaupten, daß ich Dich immer noch wie ein Kind behandle. Er ist gestern in Istanbul angekommen. Heute morgen habe ich ein Telegramm von ihm erhalten. Obwohl Deine Schwester da ist, die gerade ein Stück von Chopin auf dem Klavier spielt, kommt mir das Haus leerer denn je vor.

Ich frage mich, ob ich mich je daran gewöhnen werde, so fern von Dir zu leben...

Elias brauchte nicht aufzublicken und das Foto auf dem Kamin zu betrachten, um sich die Frau vorstellen zu können, die ihrem Sohn so leidenschaftlich schrieb wie einem Geliebten.

Er übersprang einige Absätze, suchte gierig nach den klangvollsten, den intimsten Wörtern, die ihm das Blut in die Wangen trieben, und als er die Seiten des ersten Briefs umgewendet hatte, nahm er den nächsten, mußte näher ans Fenster gehen, um genug Licht zu haben.

Mikhail, mein Leben,
Jetzt bist du schon seit zwölf Tagen fort und ...

Ihm, Elias, konnte die Mutter keine Briefe schreiben, denn sie war vor zwei Jahren gestorben. Er war nicht zum Begräbnis gefahren. Die Reise nach Polen wäre zu teuer gewesen. Er hatte auch gar keine Lust dazu gehabt.

Die Mütter in seinem Viertel in Wilna waren nicht so wie Mikhails Mutter. Elias' Mutter hatte vierzehn Kinder geboren und schien sie, besonders in den letzten Jahren, kaum noch auseinanderhalten zu können. Sie brachte sie zur Welt, in dem Raum neben der Werkstatt, während die Jungen draußen spielten und die Mädchen still und blaß herumstanden. Die Jüngsten wuselten um sie herum. Die Älteren kümmerten sich um die Jüngeren. Mit drei Jahren schickte sie sie auf die Straße hinaus, und nur zur Essenszeit stellte sie sich, die Hände in die Hüften gestemmt, auf die Türschwelle und rief nach ihnen.

Alle Frauen im Viertel waren nach einigen Schwangerschaften unförmig dick, die Brüste hingen ihnen bis zum Bauch herab, und wenn sie älter wurden, konnten sie wegen ihrer geschwollenen Fesseln kaum noch laufen.

Vielleicht liebten auch sie ihre Kinder, auf ihre eigene Weise. Sie wuschen sie, brachten sie ins Bett, stellten ihnen die Suppe hin, als sei dies ihr Lebenszweck, und abends hörte Elias seine Mutter noch lange in der Küche hin und her gehen, während sein Vater Zeitung las.

Auch sein Vater schrieb ihm nicht, wahrscheinlich, weil er sich seiner Orthographie schämte, doch die Briefe, die ihm seine Schwester Leah beinahe monatlich schrieb, begannen unweigerlich mit dem Satz:

Vater bittet mich, Dir mitzuteilen...

Seine Schwester schrieb also fast alle ihre Briefe im Auftrag des Vaters, nur zum Schluß hängte sie ein paar eigene Sätze an:

Mir geht es gut. Mit der Familie habe ich so viel Arbeit, daß ich wohl nie heiraten werde. Paß gut auf Dich auf. Überanstrenge Dich nicht. Vergiß nicht, daß Du immer eine schwache Lunge gehabt hast.
Deine Schwester

Das Geld, das ihm das Studium ermöglichte, kam nicht von ihnen, sondern von einer jüdischen Organisation, die ihm nach Abschluß der höheren Schule ein Stipendium angeboten hatte. Später, wenn er sein Diplom in der Tasche hatte, würde er einen Teil des Geldes, das er bekommen hatte, zurückzahlen müssen.

Sein Mathematiklehrer in Wilna hatte behauptet, er

sei der begabteste Schüler, der ihm je untergekommen sei. Auch in Deutschland, in Bonn, wo er ein Jahr verbrachte, hatte er als ungewöhnlich begabter Student gegolten, und hier in Lüttich genoß er den gleichen Ruf. Wenn er nur selten zur Universität ging, so deshalb, weil er bereits an seiner Doktorarbeit schrieb und vielleicht schon in zwei Jahren die Doktorprüfung ablegen würde.

Dann wäre er auch Professor. Er würde nicht nach Wilna zurückkehren, nicht einmal nach Polen. Wahrscheinlich würde er sein ganzes Leben lang hierbleiben, wo er es gewissermaßen zu etwas gebracht hatte, und am liebsten würde er nie aus Madame Langes Haus ausziehen, wenn dies möglich gewesen wäre.

Mein großer kleiner Junge, ich würde dich so gern ganz fest umarmen...

Er hätte gern alles gelesen, und zugleich schämte er sich, hier zu sein, fürchtete er, ertappt zu werden.

Genau in dem Augenblick, als ihm dieser Gedanke kam, hob er den Kopf, weil er auf dem Gehsteig etwas gehört hatte, erkannte Mikhails Gestalt, die auf die Haustür zusteuerte.

Es ging so schnell, und er war so starr vor Schreck, daß er nicht wußte, ob der Rumäne beim Vorbeigehen zum Fenster geblickt hatte. Er hielt es für natürlich, beinahe selbstverständlich, aber es blieb ihm keine Zeit, darüber nachzudenken. Sein Vorteil war, daß es im Zimmer dunkler als auf der Straße war. Die Vorhänge gewährten also in die eine Richtung besseren Durchblick als in die andere, aber war der helle Fleck seines

Gesichts nicht vielleicht doch von draußen zu sehen gewesen?

Mit zitternder Hand warf er die Briefe in die Schublade zurück und schob diese zu, bemüht, keinen Lärm zu machen.

Mikhail stand, für ihn nicht mehr sichtbar, vor der Haustür und kramte in seiner Tasche nach dem Schlüssel.

Elias hatte keine Zeit mehr, in die Küche zurückzukehren; er verließ das Zimmer, zog die Tür hinter sich zu, streckte den Arm nach der Tür zur Straße aus und öffnete sie genau in dem Augenblick, als der andere die Hand mit dem Schlüssel ausstreckte.

Mikhail war sichtlich überrascht, und Elias stammelte:

»Haben Sie an den Briefkasten geklopft?«

Es war nur eine alte, schwarzgekleidete Frau auf der anderen Straßenseite zu sehen.

»Nein.«

»Ich glaubte etwas zu hören...«

Vielleicht war Mikhail nur deshalb überrascht, weil er den Polen so verwirrt sah. Elias war nie imstande gewesen, seine Gefühle zu verbergen. Was ihn vor allem verriet, war die Röte, die sein Gesicht bis zu den Ohren überzog. Meistens stotterte er dann auch.

»Ich bin allein zu Hause...«, murmelte er, kehrte Mikhail den Rücken und ging in Richtung Küche.

Er hörte den Rumänen in sein Zimmer treten und hatte den Eindruck, daß er dabei die Tür offenstehen ließ. Elias setzte sich auf seinen Platz in der Küche, griff nach einem Bleistift, tat, als ob er arbeitete, doch seine

Hand zitterte immer noch, und er spürte das Blut in den Schläfen pochen. Er hätte nicht sagen können, wie viele Minuten vergingen. Er hörte nicht einmal, wie die Glastür aufging, fuhr zusammen, als Mikhails Stimme dicht vor ihm sagte:

»Störe ich Sie?«

Er warf ihm einen verstohlenen Blick zu. Der Rumäne sah nicht verärgert aus, schien im Gegenteil derjenige zu sein, der verlegen war. Hatte er die Schublade und die Dose vielleicht noch gar nicht geöffnet?

»Würde es Ihnen was ausmachen, wenn ich ein paar Minuten hierbleibe? Ich weiß, Sie müssen arbeiten, aber…«

Es war nicht ausgeschlossen, daß er mit Absicht frühzeitig zurückgekommen war, wohlwissend, daß Madame Lange nachmittags nicht zu Hause war. Ein wenig unbeholfen setzte er sich ans andere Tischende, an Louises Platz.

»Sie sind schon lange hier im Haus…«

Elias gewann nach und nach wieder die Kontrolle über sich, und seine Augen glänzten schon weniger.

»Versprechen Sie mir, daß Sie ganz offen auf meine Fragen antworten?«

Elias nickte.

»Seit ich hier bin, habe ich das Gefühl, daß ich störe. Es ist mir so unangenehm, daß ich schon am zweiten Tag nahe daran war, mir eine andere Pension zu suchen.«

Elias wagte ihn nicht zu fragen, warum er es nicht getan habe. Dazu war er noch nicht wieder kaltblütig genug.

Das Licht wurde schon fahl, und bald würde es Zeit sein, die Lampe anzuschalten. Vom Fenster her, vor dem er saß, fiel das Licht auf das klare Profil des Rumänen, und Elias bemerkte, daß er seiner Mutter wie aus dem Gesicht geschnitten war, so daß er geradezu etwas Weibliches an sich hatte. Oder war es nicht eher etwas Kindliches? Seine dunklen, glänzenden Augen ruhten mit einem unschuldigen, offenherzigen Ausdruck auf dem Gesprächspartner, so als wolle er sagen: ›Wir wohnen zusammen hier, und ich möchte Ihnen so gern sagen, was ich auf dem Herzen habe, und Sie um Hilfe bitten! Sie sind drei Jahre älter als ich. Sie kennen das Haus, die Leute hier...‹

Doch diese Worte sprach er nicht aus. In seinem ein wenig singenden Polnisch sagte er:

»Alle hier sind nett zu mir, zu nett vielleicht. Ich werde verwöhnt, als ob ich etwas Besonderes wäre, und keiner merkt, wie unangenehm mir das ist. Mittags zum Beispiel bringt man mir als einzigem das Essen ins Eßzimmer, und das ist für mich wie eine Strafe.«

»Wenn man Ihnen gesondert serviert, dann deshalb, weil Sie nicht das gleiche essen wie die anderen.«

»Ich möchte aber das gleiche wie die anderen essen! Und abends möchte ich auch meine Blechdose!«

»Sie haben Vollpension verlangt!«

»Weil ich mich nicht auskannte. Ich dachte, das ist immer so. Ich will keine Sonderbehandlung, verstehen Sie? Aber das wage ich Madame Lange nicht zu sagen, sie ist so zuvorkommend.«

Elias konnte es nicht lassen, zu zischen: »Weil Sie mehr Geld einbringen als wir alle zusammen.«

Das stimmte nicht einmal. Genauer gesagt, es stimmte nicht ganz. Sie war auf das Geld aus, kein Zweifel. Gleichzeitig aber war es ihr ein Bedürfnis, Freude zu bereiten, die Menschen glücklich zu machen, kleine Opfer für sie zu bringen.

»Ist das wahr?« murmelte Mikhail, dessen Gesicht sich verdüstert hatte.

»Bisher hat sie meist nur arme Schlucker als Untermieter gehabt. Stan gibt Gymnastikunterricht, um sein Studium zu finanzieren. Lola hat noch am meisten Geld, aber Vollpension könnte sie sich nicht leisten. Für Leute wie Sie gibt es andere Pensionen.«

»Ich bin glücklich hier. Ich mag mein Zimmer, die Atmosphäre hier im Haus. Ich habe keine Lust umzuziehen.«

Hätte er so offen gesprochen, wenn er schon bemerkt hätte, daß Elias bei ihm geschnüffelt hatte?

»Ich bin gekommen, weil ich Sie um Rat fragen möchte. Wäre Madame Lange verärgert, wenn ich kein besonderes Essen mehr nähme und es so halten würde wie die anderen?«

»Sie wäre enttäuscht.«

»Wegen des Geldes?«

»Ja. Und vielleicht auch, weil sie stolz ist, endlich einen richtigen Pensionsgast zu haben. Ich habe gehört, wie sie mit einer Nachbarin darüber sprach.«

»Was hat sie gesagt?«

»Daß Sie sehr reich sind und daß Ihre Mutter früher sicher Schauspielerin gewesen ist.«

»Sie ist nie beim Theater gewesen. Sie raten mir also ab...«

»Ja. Sie dürfen nichts daran ändern...«

»Kann ich nicht wenigstens mittags mit euch dreien in der Küche essen?«

Das hätte sich alles leicht einrichten lassen, aber Elias wollte es gar nicht, er legte im Gegenteil Wert darauf, daß der Rumäne ein Fremdling im Haus blieb.

»Sie können mit ihr darüber sprechen. Ich an Ihrer Stelle würde es nicht tun.«

Zum ersten Mal erkannte Elias, daß er eifersüchtig war. Weshalb, hätte er nicht sagen können. Er war nicht gerade stolz auf dieses Gefühl, aber es war stärker als er.

»Madame Lange und Ihre Tochter brauchen das Geld, das Sie ihnen geben«, fügte er noch hinzu. »Sie sind sehr empfindlich. Wenn sie den Eindruck bekommen...«

Er war überrascht, seinen Gesprächspartner so bekümmert zu sehen. Mikhail schien zutiefst enttäuscht, daß er nicht stärker am Leben der anderen teilhaben konnte.

»Sie können mich nicht leiden, stimmt's?«

Die Frage irritierte Elias. Und da er nicht sofort etwas darauf zu sagen wußte, fuhr Mikhail fort:

»Ich spüre doch, daß Sie nicht mit mir Freundschaft schließen wollen.«

Es war jetzt fast dunkel, und das ovale Ofenloch glühte um so heller.

»Neulich, als Sie ablehnten, mit mir in die Stadt zu kommen, habe ich es gemerkt.«

»Ich gehe nie in die Stadt, außer wenn ich wegen meiner Arbeit zu meinem Professor gehe.«

»Warum nicht?«
»Weil ich arm bin.«
Jetzt war er mit Reden dran, und seine Stimme zitterte unwillkürlich.
»Und weil ich lieber allein hier in meiner Ecke sitze. Ich brauche niemanden.«
Es verwirrte ihn, daß der andere ihn neugierig musterte, so als glaube er ihm nicht.
»Ich habe nie jemanden gebraucht, nicht mal meine Eltern.«
Er sagte es in leicht verächtlichem Ton, wegen der Briefe.
Es hatte doch keinen Zweck, sich etwas vorzumachen, nur um eines Tages zu erkennen, daß der Mensch, was er sich auch einbilden mag, im Leben ganz allein ist.
»Sind Sie unglücklich?«
»Nein.«
»Lieben Sie die Menschen nicht?«
»Nicht mehr, als sie mich lieben.«
»Haben Sie nie jemanden geliebt?«
»Nein.«
»Auch keine Frau?«
Er zögerte, aber nur ganz leicht.
»Nein.«
Im Geist hatte er Louises Bild vor sich gesehen, aber er hatte, ganz ehrlich gesagt, nicht den Eindruck, daß er sie liebte. Er fühlte sich wohl in ihrer Nähe, ohne jedoch das Bedürfnis zu verspüren, mit ihr zu sprechen. Ihre bloße Anwesenheit hatte für ihn etwas Wohltuendes, Beruhigendes. Sie gehörte einfach zum Haus.

Für Elias personifizierte sie das Haus, und wenn es nach ihm gegangen wäre, hätten sie alle beide ihr ganzes Leben darin verbringen können, geschützt vor dem Trubel der Außenwelt.

In Wilna hatte er nie dieses Gefühl der Ruhe und Sicherheit gehabt. Das Gewimmel der Menschen in seinem Viertel, in seinem Milieu, hatte etwas Rohes und Aggressives, man spürte auf Schritt und Tritt, wie hart hier der Kampf ums Dasein war. Schon die Kinder auf der Straße hatten die Augen von alten Leuten, und mit fünf Jahren spielten die Mädchen nicht mehr mit Puppen. Im Winter, in den langen Wintern, die sechs Monate und länger dauerten, sah man Kinder mit bloßen Füßen durch den Schnee stapfen, und zu Hause hatte er sich mit seinen Brüdern um ein paar Stiefel geprügelt. Aus der Ferne kam ihm das alles wie ein gnadenloses Kampfgetümmel vor, die Leute waren wie Insekten, die sich gegenseitig verschlingen mußten, wenn sie überleben wollten.

An diesen brodelnden Menschenmassen lag es, wenn er sich jetzt in Madame Langes Küche zurückzog, als habe er endlich eine Zufluchtsstätte gefunden, und die monatelangen Schneestürme waren daran schuld, daß er so verfroren war und stundenlang mit den Füßen im Backofen in der Küche saß.

Louise hatte eine zarte, weiße Haut, ihr Blick war friedlich, schicksalergeben. Sie kam und ging, ohne Lärm zu machen, und schien das Leben und Treiben um sie herum kaum wahrzunehmen.

Einmal, als er Fieber gehabt hatte, hatte sie ihm die Hand auf die Stirn gelegt, und er konnte sich nicht erinnern, daß ihm je irgend etwas solche Linderung gebracht hätte.

Vielleicht war das wie ein alter Traum von ihm: Er stellte sich vor, daß er, wenn er einmal Professor war, weiter in diesem Haus lebte, zusammen mit Louise, die für ihn sorgte. Er stellte sie sich nicht als seine Frau vor, nur als Gefährtin. Er würde weiterhin an seinem Platz in der Küche arbeiten, in der Nähe der Kochtöpfe, auf denen der Deckel summte, während von Zeit zu Zeit ein Stück rotglühende Asche durch den Ofenrost fiel.

Stan Malewitz und Lola hatten nie seine Eifersucht erregt. Sie waren beinahe wie Möbelstücke, die zum Haus gehörten, in das in Gestalt von Mikhail plötzlich der Feind eingedrungen war. Elias hätte ihm gern weh getan. Manchmal hätte er ihn am liebsten zum Gehen gezwungen, dann wieder hatte er das Gefühl, daß auch er ihm unentbehrlich geworden war.

»Was für ein Leben möchten Sie haben?« fragte der Rumäne nachdenklich.

Voller Stolz antwortete er:

»Meins.«

»Was mich betrifft, weiß ich es nicht genau. Ich würde gern etwas Eigenes machen, nicht auf meinen Vater angewiesen sein. Es ist schon seltsam, daß Sie nicht mein Freund werden wollen.«

»Daß ich nicht will, habe ich nicht gesagt.«

»Sagen wir mal, Sie können nicht.«

Elias war nahe daran, aufzustehen und Licht zu machen, denn sie sahen einander kaum noch, und wenn er es getan hätte, wäre ihrer beider Zukunft wahrscheinlich anders verlaufen.

Das Dämmerlicht ließ ihre Worte bedeutsamer klingen, gab ihnen etwas Hintergründiges; es machte Mikhails dunkles Gesicht so anrührend wie ein altes Gemälde, und das Dämmerlicht war es schließlich auch, was ihm den Mut gab, nach langem stummen Ringen mit sich selbst stotternd und mit abgewandtem Kopf zu fragen:

»Sie sind in meinem Zimmer gewesen, nicht wahr?«
»Haben Sie mich gesehen?«

Elias' Ton war aggressiv, ohne daß er es merkte.

»Ich war mir nicht ganz sicher. Ich sah, daß sich hinter den Gardinen jemand bewegte. Während ich nach meinem Schlüssel suchte, habe ich durchs Schlüsselloch geschaut und gesehen, daß niemand im Flur war.«

Elias starrte ihn wortlos an, und der Rumäne zögerte verlegen, suchte nach Worten:

»Was wollten Sie?«

Man hätte meinen können, daß er sich vor der Antwort fürchtete.

»Ich habe Ihnen ein Stück türkischen Honig gestohlen«, warf Elias hin, während er aufstand, weil er nicht länger stillsitzen konnte.

Er machte immer noch kein Licht.

»Aber das ist noch nicht alles.«

Der andere wartete wohl auf das Geständnis, er habe nach Geld gesucht.

Dieser Gedanke ließ Elias innerlich kochen, und mit bebender Stimme fuhr er fort:

»Ich habe die Briefe gelesen. Die Briefe Ihrer Mutter! Um die Briefe zu lesen, habe ich mich wie ein Einbrecher in Ihr Zimmer geschlichen. Daß ich den türkischen Honig genommen habe, war nur eine Provokation. Ich wollte die Briefe lesen. Soll ich Ihnen sagen, was darin steht?«

»Nein«, flüsterte Mikhail entsetzt, kaum hörbar, den Blick auf die im Halbdunkel von einem Bein aufs andere tretende Gestalt geheftet. Auf einen derartigen Ausbruch, auf das, was er in der Stimme, in den Worten des Polen mitschwingen hörte, war er nicht gefaßt gewesen.

»Das ist es, was ich Ihnen gestohlen habe. Denn ich habe Ihnen etwas gestohlen. Aber das verstehen Sie nicht, und es ist auch egal. Sofort hinterher sind Sie zu mir gekommen und haben mir Ihre Freundschaft angeboten. Da wußten Sie es schon. Nicht das mit den Briefen. Aber Sie glaubten, ich sei in Ihr Zimmer gegangen, um Geld zu stehlen. Weil ich arm bin und manchmal Hunger leide. Weil ich noch die alten Kleider trage, die ich aus Wilna mitgebracht habe. Da haben Sie mir die Hand hingestreckt. Aus Mitleid.«

Mikhail stand reglos, mit großen Augen da. Seine Finger umklammerten den Tisch.

»Ich brauche kein Geld und erst recht kein Mitleid. Ich brauche niemanden, weder Sie noch Madame Lange, noch...«

Um ein Haar wäre ihm Louises Namen entfahren, so wie jemand, der die Selbstbeherrschung verliert, einen Fluch ausstößt und sich auf diese Weise Erleichterung verschafft.

Auch Louise brauchte er nicht. Er hatte nie eine Frau gebraucht.

»Sie haben mich mit zuckersüßer Stimme um Rat ge-

fragt, obwohl Sie es wußten! Bestimmt haben Sie gleich beim Hereinkommen die Schubladen geöffnet und...«
»Ich habe die Schubladen nicht geöffnet.«
»Ich habe die Briefe gelesen...«
»Es stehen keine Geheimnisse drin...«
»Ich habe Sie bestohlen...«
Mit einer schroffen Handbewegung drehte er am Lichtschalter, und sie blinzelten beide in das grelle Licht, sahen einander an, der eine so beschämt wie der andere, wandten wie auf Absprache den Kopf ab.

Nicht nur das Halbdunkel war plötzlich verschwunden. Auch die erregte Stimmung verflog von einer Sekunde auf die andere und ließ nur Leere in ihnen zurück, sie wußten sich nichts mehr zu sagen, wußten nicht, wie sie sich verhalten sollten, und so verharrten sie eine Zeitlang in völliger Reglosigkeit.

Elias' erste Bewegung war, den Herddeckel hochzuheben und Kohlen auf das Feuer zu schütten. Dann stocherte er in der Glut, sah auf die Uhr, deren kupfernes Pendel den Pulsschlag des Hauses markierte.

Mikhail hatte sich nicht vom Fleck gerührt, keine Bewegung gemacht, und doch war er der erste, der sprach:

»Ich möchte gern Ihr Freund werden«, sagte er und betonte dabei jede einzelne Silbe.

»Trotz des Geständnisses, das ich Ihnen gerade gemacht habe?«

»Gerade deshalb.«

»Mir wäre es lieber, ich hätte nichts gesagt.«

»Mir nicht. Ich kenne Sie jetzt besser. Irgendwann werde ich Sie vielleicht ganz kennen.«

»Was erwarten Sie von mir?«

»Nichts. Daß Sie mir helfen, mich einzugewöhnen.«

Beinahe hätte Elias gefragt: »Wo einzugewöhnen?«

Aber er kannte die Antwort. Mikhail mußte sich in dieses Haus eingewöhnen, ja. Vor allem aber mußte er sich ins Leben eingewöhnen. Einer der Briefe enthielt einen Satz, der sehr aufschlußreich war:

... wenn Dein Vater wüßte, daß ich Dir alle zwei Tage schreibe, würde er behaupten, daß ich Dich immer noch wie ein Kind behandle...

Zwei große dunkle Augen, sanft und fragend wie die Augen eines Hundes, der einen Herrn sucht, waren auf ihn gerichtet, und vielleicht war er jetzt derjenige, der Mitleid hatte. Oder war das, was er empfand, nur Stolz, weil er sich für den Stärkeren hielt?

»Wir können es ja versuchen«, murmelte er mit abgewandtem Gesicht.

»Wer weiß, vielleicht werde ich eines Tages auch meine Blechdose haben?« meinte der Rumäne spitzbübisch, wie um damit den letzten Rest Verlegenheit zu verscheuchen.

Stimmen draußen im Flur taten ein übriges, sie wieder in die Alltagsatmosphäre zurückzuversetzen. Lolas schrilles Organ war zu vernehmen.

»Nach Ihnen, Mademoiselle«, sagte Madame Lange zu ihr.

Die Kaukasierin knipste den Lichtschalter im Flur an, und die Laterne über der Treppe leuchtete auf. Sie war aus buntem Glas, rot, gelb und grün, das an Kirchenfenster erinnerte.

Wie immer, wenn sie aus der Stadt kam, war Madame Lange mit Paketen beladen, die sie mit einem Seufzer der Erleichterung auf den Küchentisch fallen ließ.

»Schon zu Hause, Monsieur Michel?« wunderte sie sich und vergaß, daß er sie nicht verstand.

Sie sah einen nach dem anderen an. Äußerlich wies nichts mehr darauf hin, was eben geschehen war, und doch runzelte sie die Stirn und sah sich Elias genauer an.

»Sie sehen so komisch aus«, meinte sie. »Sie haben sich doch hoffentlich nicht gestritten?«

»Nein.«

»Ist niemand hiergewesen?«

»Niemand.«

Sie vergewisserte sich, daß Kohlen auf dem Feuer waren, und setzte einen Topf Wasser auf, bevor sie ihren Mantel auszog.

»Und jetzt hinaus mit euch beiden, ich muß das Abendessen richten.«

Lola war hinaufgegangen. Auf polnisch sagte Elias leise:

»Gehen wir lieber.«

Am Fuße der Treppe gingen sie auseinander, ohne noch etwas zu sagen, Mikhail in sein granatfarbenes Zimmer, in dem eine angenehme Wärme herrschte und wo es Briefe und Leckereien in den Schubladen gab, und Elias hinauf in das grüne, wo er in seinen Mantel schlüpfte und seine Mütze aufsetzte, um nicht zu frieren.

3

Das Liebespaar in der dunklen Ecke

Eines Morgens klingelte der Postbote an der Tür, statt die Briefe in den Briefkasten zu werfen, in den man sie von der Küche aus hineinplumpsen hörte, was er nur tat, wenn er ein Einschreiben oder ein Päckchen hatte.

Es war zwanzig nach acht. Louise begann um halb neun zu arbeiten und war gerade aus dem Haus gegangen, eingepackt in ihren dunklen Tuchmantel mit Zobelbesatz an Kragen und Ärmelaufschlägen und mit einer Zobelfellmütze auf dem Kopf. Unter dem Vorwand, draußen wehe ein eisiger Wind, hatte Lola beschlossen, nicht zur Schule zu gehen, was öfters vorkam und vermutlich kaum etwas ausmachte. Sie war in ihrem rosa Morgenrock heruntergekommen, in dem sie wie eine große Puppe aussah, und bei jeder Bewegung sah man ein wenig mehr von ihren üppigen Brüsten.

Während sie frühstückte, hatte Madame Lange ihr immer wieder Zeichen gemacht, doch solche Zeichen begriff die Kaukasierin nie, zumindest tat sie so.

»Mademoiselle Lola!« hatte sie ihr schließlich zugeflüstert. »Passen Sie doch auf! Man sieht alles.«

»Was sieht man?«

»Sie!«

Das genügte, dem Mädchen ein kehliges Lachen zu entlocken.

»Ist das schlimm?«

»Es sind Herren anwesend.«

Stan Malewitz schien nichts zu verstehen, er aß wie immer schweigend und blickte dabei in das aufgeschlagene Buch neben seinem Teller.

»Ob sie das stört?«

»*Mich* würde es stören, wenn ich Sie wäre.«

»Am Schwarzen Meer baden Jungen und Mädchen splitternackt, und niemand findet etwas dabei.«

»Widerlich.«

Lola war eingeschnappt, was bei ihr immer wieder mal vorkam. Sie sprang auf und rief, während sie zur Tür ging:

»Widerlich ist, was Sie dabei denken!«

Als die Türglocke ertönte, war sie bereits in ihrem Zimmer. Mikhail hatte das seine noch nicht verlassen, man hatte auch noch kein Geräusch gehört, was darauf hindeutete, daß er noch schlief. Elias stand am Herd, kochte sich seinen Tee und überwachte sein Ei in der Pfanne, und der Geruch des Petroleums, das Madame Lange morgens zum Feuermachen benutzte, hing zu dieser Stunde noch in der Luft.

»Ich gehe schon«, verkündete die Hauswirtin, als Elias eine Bewegung in Richtung Tür machte.

Er war der einzige Untermieter, der die Tür öffnen ging, Kohlen nachlegte und wußte, an welcher Stelle im Küchenschrank das Kleingeld für die Bettler lag. Wenn der Milchmann kam, machte fast immer er auf, hielt ihm die weiß emaillierte Kanne hin und sagte:

»Zwei Liter.«

Durch die Glastür sah er, wie Madame Lange dem

Postboten ein Paket aus der Hand nahm und in dessen Buch unterschrieb. Als der Briefträger gegangen war, blieb sie noch einen Augenblick stehen und blickte verwundert auf die Adresse. Dann kehrte sie in die Küche zurück, ohne bei dem Rumänen anzuklopfen.

Stan erhob sich, blieb auf der Türschwelle stehen, schlug die Hacken zusammen und verbeugte sich. Wahrscheinlich zog er sich nur aus Taktgefühl zurück, weil Madame Lange sich anschickte, ihr Paket auszupacken, denn sein Begriff von Höflichkeit umfaßte komplizierte Feinheiten.

Er sprach nie von sich oder seinen Angehörigen. Einmal hatte er durchblicken lassen, daß sein Vater Lehrer in einem Warschauer Gymnasium war, doch Elias hatte nachgeforscht und herausgefunden, daß er nur Aufseher, vielleicht auch Pförtner war.

Stan war blond und kleidete sich übertrieben korrekt. Seine Sachen waren nie zerknittert, und jeden Abend legte er seine Hose unter die Matratze, um sie zu glätten. Er benahm und bewegte sich wie ein Offizier. In seinem Zimmer hingen Degen und eine Fechtmaske.

»Bleiben Sie doch hier, Monsieur Stan! Sie wissen doch, daß ich keine Geheimnisse habe!«

»Meine Vorlesung wartet auf mich, Madame.«

In der ersten Zeit hatte er sich jeden Morgen vor ihr verneigt und ihr die Hand geküßt, sogar wenn sie gerade beim Schuhputzen war.

»Hier ist nicht der Ort dafür, Monsieur Stan! Sagen Sie mir doch einfach guten Morgen wie alle anderen.«

Über Geld redete er auch nie. Keiner wußte, wieviel er jeden Monat bekam, denn er ließ sich seine Briefe und Überweisungen postlagernd schicken. In seinem Zimmer gab es keine Fotos, bis auf eins aus seinem letzten Schuljahr, auf dem eine Gruppe Gymnasiasten mit grünen Samtkappen zu sehen war.

Immer wenn sie neugierig oder gerührt war, kicherte Madame Lange verschämt, und als sie jetzt das Paket auspackte, murmelte sie:

»Es kommt aus Rumänien. Ich möchte bloß wissen, was das sein könnte. Vielleicht türkischer Honig wie Monsieur Michel ihn jede Woche bekommt!«

Sie stieß einen überraschten Schrei aus.

»Sehen Sie nur, Monsieur Elie! Du lieber Gott! Wie schön!«

Sie faltete eine Bluse aus dünnem Stoff mit bunten Stickereien auseinander, wie sie die Frauen auf dem Balkan tragen, und brach dann unvermittelt in nervöses Gelächter aus.

»Können Sie sich vorstellen, daß ich damit einkaufen gehe?«

Sie war entzückt und enttäuscht zugleich.

»Sie ist viel zu schön für mich!«

Elias betrachtete stumm die Bluse, brachte seinen Tee und sein Ei zum Tisch und setzte sich.

»Ein Brief ist auch dabei. Das hat mir bestimmt Monsieur Michel schicken lassen.«

Sie las den Brief und hielt ihn dann ihrem Untermieter hin.

»Lesen Sie! Es ist französisch. Was er wohl über mich gesagt hat, wenn sie mir so einen Brief schreibt?«

Es war die Schrift einer gebildeten Frau.

*Chère Madame,
erlauben Sie mir, Ihnen zu schreiben, wie froh und erleichtert ich bin, daß mein Sohn Unterkunft in einem Haus wie dem Ihren gefunden hat. In jedem seiner Briefe erzählt er von Ihnen und wie freundlich Sie ihn umsorgen. Ich gestehe Ihnen, daß ich sehr besorgt und bekümmert war, als sein Vater beschloß, ihn ins Ausland zu schicken. Jetzt, wo ich ihn in Ihrer Obhut weiß, ist mir wohler zumute.*

In manchen Dingen ist Mikhail noch wie ein Kind, das haben Sie sicherlich schon bemerkt. Scheuen Sie sich also nicht, ihn zu schelten, wenn es nötig ist.

Ich lege eine Kleinigkeit aus meinem Land bei. Mein Französisch ist mit den Jahren so schlecht geworden, daß ich eine Freundin gebeten habe, diese Zeilen für mich zu schreiben.

Mit den besten Grüßen und in großer Dankbarkeit Ihre...

Der Name war in einer anderen Handschrift und mit anderer Tinte geschrieben.

»Finden Sie das nicht reizend von ihr? Ich werde die Bluse nie tragen können und Louise auch nicht, aber ich freue mich darüber mehr als über etwas Nützliches.«

Sie sah Elias an, der ihr mit finsterer Miene den Brief zurückgab.

»Sind Sie immer noch eifersüchtig?«

»Ich bin auf niemand eifersüchtig.«

»Weil Sie niemand lieben. Außerdem glaube ich Ihnen nicht. Ah, ich höre, daß Monsieur Michel aufgestanden ist. Ich muß ihm das Geschenk seiner Mutter zeigen. Jetzt habe ich mal einen Brief und ein Päckchen bekommen. Das kommt nicht oft vor.«

Schon im Flur rief sie:

»Monsieur Michel! Monsieur Michel! Darf ich reinkommen?«

Die Bluse hatte sie mitgenommen.

Um Mikhail nicht zu begegnen, schlang Elias sein Frühstück in kürzester Zeit hinunter und ging in sein Zimmer hinauf. Seit dem Vorfall mit dem türkischen Honig und den Briefen, damals, als der erste Schnee fiel, war das Leben im Haus weitergegangen wie zuvor, das Verhältnis zwischen Elias und dem Rumänen schien sich nicht verändert zu haben. Allerdings kam es auch selten vor, daß sie allein in einem Raum waren.

Elias übersetzte weiterhin die Fragen, die Madame Lange stellte, und Mikhails Antworten. Eines Mittags, als die Sonne schien und Elias sich in seinem Zimmer aufhielt, hatte die Vermieterin ihn gerufen.

»Monsieur Elie! Würden Sie bitte einen Augenblick herunterkommen?«

Mikhail stand mitten auf der Straße und stellte gerade seinen auf das Haus gerichteten Fotoapparat ein.

»Er will mich vor meinem Haus fotografieren, aber ich möchte, daß er neben mir steht. Wissen Sie, das Foto ist für seine Mutter, damit sie sieht, in was für einem Haus er wohnt.«

Sie hatte sich frisiert und trug eine frische Schürze. Elias brauchte nur auf den Auslöser zu drücken. Das Foto schickte Mikhail nach Rumänien.

»Machen Sie doch auch eins von Monsieur Elie«, hatte die Hausbesitzerin vorgeschlagen.

Elias jedoch hatte schroff abgelehnt:

»Ich lasse mich nie fotografieren.«

Mikhail hatte ihn verständnisvoll, ohne Erstaunen angesehen und war ihm nicht böse gewesen, nur seine Augen blickten ein wenig traurig. Oft spürte Elias seinen Blick auf sich ruhen, so als wollte er fragen: »Nun, was ist? Wollen wir noch nicht Freundschaft schließen?«

Der selbstsichere Rumäne schien sich ganz sicher zu sein, daß er den Studenten aus Wilna irgendwann für sich gewinnen würde. Er war es gewöhnt, geliebt zu werden, und wunderte sich wahrscheinlich, daß ihm jemand so beharrlich und ohne Grund feindlich gesinnt war.

Er übte sich in Geduld und tat, als merke er es gar nicht, wenn Elias ihm die kalte Schulter zeigte; immer wurde Elias zuerst unsicher, wußte dann nicht mehr, wie er sich verhalten sollte, und flüchtete auf sein Zimmer.

Dort zu arbeiten war jetzt ganz unmöglich. Heute zum Beispiel war es darin wegen des Nordwinds genauso kalt wie draußen auf der Straße, und er mußte völlig angezogen ins Bett schlüpfen und warten, bis der andere zur Universität gegangen war.

Sobald er hörte, wie die Haustür ins Schloß fiel und die Schritte auf dem Trottoir sich entfernten, nahm er seine Bücher und ging hinunter, mit trotziger Miene, wie immer, wenn er mit sich selbst oder mit den anderen unzufrieden war.

»Glauben Sie, daß es einen Sinn hat, wenn Sie dort oben in der Kälte schmollen?« empfing ihn Madame

Lange in der Küche. »Sie sind ja ganz blaugefroren. Wärmen Sie sich schnell auf!«

Er hielt die Hände über den Ofen und wurde von einem jähen Schauder geschüttelt.

»Sehen Sie! Mit Ihrer Dickköpfigkeit werden Sie sich irgendwann nicht nur einen Schnupfen, sondern eine Lungenentzündung holen. Was hätten Sie dann davon! Ich habe Ihnen schon gesagt, daß Monsieur Michel Sie sicher gern in seinem Zimmer arbeiten läßt, wenn er nicht da ist. Ich verstehe wirklich nicht, warum Sie mir nicht erlauben, mit ihm darüber zu sprechen.«

»Ich nehme von niemandem etwas an.«

Am liebsten hätte sie geantwortet:

»Von mir aber doch!«

Denn er setzte sich zum Arbeiten in die Küche, um vom Feuer zu profitieren. Freilich erwies auch er ihr eine Gefälligkeit, indem er nachschürte, auf die Suppe aufpaßte und aufmachen ging, wenn jemand an der Tür klingelte und sie gerade oben war.

»Wir brauchen uns deswegen nicht wieder zu streiten. Ich muß mit Ihnen über etwas reden, was mir Sorgen macht. Eigentlich wollte ich Ihnen nichts davon sagen, aber seit ich den Brief von seiner Mutter bekommen habe, die so großes Vertrauen in mich setzt, weiß ich nicht mehr, was ich tun soll. Schon den ganzen Morgen denke ich darüber nach. Beim Frühstück war ich nahe daran, ihm eine Moralpredigt zu halten, aber ich habe mich nicht getraut.

Es ist so schwierig für eine Frau. Aber bei Ihnen ist es etwas anderes. Wissen Sie, was er macht, Monsieur Elie? Ich bin vor drei Tagen daraufgekommen, als ich bei ihm Staub wischte. Monsieur Michel geht zu Prostituierten! Sehen Sie selbst...«

Und ohne seine Reaktion abzuwarten, stürzte sie in das granatrote Zimmer hinüber und kam mit Fotos in der Hand zurück. Diesmal waren es keine gerahmten Bilder, sondern Aufnahmen, die mit demselben Apparat gemacht worden waren wie die Fotos vom Haus.

»Ich hätte nie gedacht, daß jemand sich so fotografieren läßt!«

Es waren insgesamt sechs Fotos von zwei Frauen, vier von der einen und zwei von der anderen. Die Frauen waren nackt, mal auf dem Bett liegend, mal am Fenster stehend.

Die Aufnahmen waren in zwei verschiedenen Zimmern gemacht worden, schäbigen, möblierten Zimmern, vermutlich in einem Stundenhotel, denn es waren nirgends persönliche Gegenstände zu sehen.

Die Abzüge waren wegen der schlechten Beleuchtung nicht ganz scharf.

Eine der Frauen, die jüngere, hübschere, wirkte unbeholfen und schien sich ihrer Nacktheit zu schämen, während die andere, die ebenso große Brüste wie Lola hatte, sich in unzüchtigen, schamlosen Posen zur Schau stellte.

»Hätten Sie das von ihm gedacht? Ich möchte bloß wissen, wie er an solche Weiber geraten ist, wo er doch gerade erst angekommen ist und noch keine zwanzig Worte Französisch spricht. Meine größte Angst ist, daß er irgendwann mit einer schlimmen Krankheit nach Hause kommt.«

Aus ihrem Mund wirkten diese Worte genauso anstößig und unanständig wie das dunkle Dreieck der beiden Frauen auf den Fotos.

»Vielleicht ist es meine Pflicht, seiner Mutter zu schreiben. Sie vertraut mir und ist so liebenswürdig zu mir. Aber ich fürchte, daß sie sich dann Sorgen macht.«

»Tun Sie es nicht«, sagte er widerstrebend.

»Meinen Sie, es ist besser, wenn ich mit ihm selbst rede? Ich bin mir sicher, daß er keine Ahnung hat, wie gefährlich das für ihn ist. Möchten Sie nicht mit ihm sprechen?«

»Mich geht das nichts an.«

»Er ist jünger als Sie.«

»Zwei Jahre.«

»Geistig ist er viel unreifer. Man merkt, daß er keinerlei Lebenserfahrung hat. Diese Frauen sind doch nur auf sein Geld aus. Sie werden ihm seine Gesundheit ruinieren. Schon seit er mir sagte, daß er sich mit rumänischen Freunden trifft, bin ich beunruhigt, denn wenn es anständige junge Leute wären, gäbe es keinen Grund, sie nicht mit hierher zu bringen.«

Sie war wirklich sehr besorgt.

»Überlegen Sie es sich, Monsieur Elie. Tun Sie es für mich. Auf Sie würde er hören, da bin ich mir sicher. Er hält große Stücke auf Sie... Ich muß jetzt hinauf, die Zimmer machen. Würden Sie bitte zwei Liter Milch nehmen, wie immer?«

Sie hatte die Fotos auf dem Tisch vergessen, und als sie zurückkam, um sie zu holen und an ihren Platz zu bringen, fuhr Elias, der sie sich gerade ansah, erschrocken zurück. Hatte sie es bemerkt? Vorhin, beim ersten Anblick der Fotos, hatte er gespürt, wie ihm das Blut in die Wangen schoß, und als die Hauswirtin von Geschlechtskrankheiten sprach, hatte er sich abgewandt, damit sie ihm seine Verwirrung nicht anmerkte.

Denn er hatte selbst eine solche Krankheit aufgelesen, hier in Lüttich vor zwei Jahren, und es war nicht gerade einfach für ihn gewesen, sich zu kurieren, ohne daß Madame Lange etwas auffiel. Das Mädchen, das ihm das angehängt hatte, sah der großbusigen Frau auf dem Foto so ähnlich, daß er sich fragte, ob es nicht dieselbe war. Es wäre gut möglich gewesen. Beide hatten die gleichen ungeschickten und aufreizenden Posen.

In seinem Viertel in Wilna, wo die Jungen und Mädchen ihr Sexualleben sehr früh begannen, war er nie mit einer Frau zusammengewesen. Auch in Bonn nicht, da war er gar nicht auf die Idee gekommen.

Erst in Lüttich war es dazu gekommen, zum ersten und einzigen Mal in seinem Leben, denn eines Abends hatte er sich verlaufen und ganz zufällig eine Straße entdeckt, in der in jedem Fenster eine mehr oder weniger nackte Frau saß, die den Passanten zuwinkte. Auch auf den Türschwellen standen sie, machten sich an die Männer heran, hakten sich bei ihnen ein und sagten obszöne Dinge.

Anfangs war er erschrocken und lief schnell an ihnen vorbei, vermied es, sie anzusehen, und riß sich jedesmal los, wenn ihn eine am Arm festhalten wollte. In einer ruhigeren Straße angelangt, blieb er stehen, um Atem zu schöpfen, und wunderte sich, daß ihm das Herz in der Brust so heftig klopfte.

Einmal in Wilna, als er gerade acht, neun Jahre alt gewesen war und für seine Eltern ziemlich weit von zu

Hause eine Besorgung machen mußte, hatte er hinter sich auf dem verharschten Schnee eilige Schritte gehört. Er hatte nicht gewagt, sich umzudrehen. Fest überzeugt, daß der Verfolger es auf ihn abgesehen hatte und ihn wahrscheinlich töten wollte, war er losgerannt, während der Rhythmus der Schritte hinter ihm ebenfalls schneller wurde.

Er war mindestens fünf Minuten lang so gelaufen, bis er an eine beleuchtete Straßenkreuzung kam, wo er mit heißem, keuchendem Atem bei einem Kutscher stehenblieb, der auf dem Bock seines Schlittens eingenickt war.

Damals hatte sein Herz genauso wild gepocht wie später in Lüttich in der Straße mit den Frauen. Niemand hatte ihn eingeholt, und er hatte die Schritte nicht mehr gehört, die sich wohl in eine andere Richtung entfernt hatten.

An jenem Abend hatte er sich gezwungen, denselben Weg noch einmal zurückzugehen, und als er zu Hause ankam, erzählte er kein Wort von seinem Abenteuer.

Auch hier in Lüttich hatte er seine Angst niedergekämpft, war um den Häuserblock gelaufen und, ab und zu einen verstohlenen Blick auf die erleuchteten Fenster werfend, noch einmal ganz langsam die Straße hinuntergegangen. Noch jetzt, nach zwei Jahren, erinnerte er sich an die Melodie, die ein Pianola in einem der Häuser spielte, deren Türen weit offen standen, und an eine fürchterliche Megäre, die ihm seinen Hut wegnehmen wollte und die er voller Zorn von sich stieß.

Er war erneut an der Straßenecke angekommen und ein weiteres Mal um den Häuserblock gelaufen, um noch einmal von vorn zu beginnen.

Denn er hatte den Entschluß gefaßt, daß es an diesem Abend passieren müsse, und wartete, daß er ruhiger würde; diesmal war er schon in der Lage, die Gesichter und Gestalten zu betrachten; in einem der Fenster fiel ihm ein Mädchen auf, das über eine Näharbeit gebeugt saß. Als er vorbeiging, hob sie den Kopf und lächelte ihm aufmunternd zu.

Sie war brünett, jünger als die anderen, wohl kaum über zwanzig, und hatte den gleichen sanften und resignierten Gesichtsausdruck wie die Tochter von Madame Lange, wenn sie nähte und aussah, als höre sie nichts von dem, was um sie herum gesprochen wurde.

Er wagte nicht umzukehren. So beschloß er, eine letzte Runde zu machen und dann bei ihr stehenzubleiben. Aber es flanierten auch andere Männer durch die Straße, und als er ein paar Minuten später wiederkam, war der Rolladen herabgelassen und die Tür verschlossen.

Danach kam er nur noch etwa zwanzig Meter weit. Eine fette Blondine, die an einem Türrahmen lehnte und mit heller Wolle strickte, sprach ihn mit rauher Stimme an. Ohne sie anzusehen, trat er ein, und sie schloß die Tür hinter ihm, ließ den Rolladen herunter und nahm die Steppdecke vom Bett.

Als sie die Tür wieder aufsperrte und sich auf dem dunklen Trottoir von ihm verabschiedete, meinte sie:

»Nimm's nicht so tragisch. Das kann vorkommen.«

Drei Tage später stellte er fest, daß er krank war. Um

keinen Arzt bezahlen und keinen seiner Kommilitonen um Hilfe bitten zu müssen, hatte er in der Universitätsbibliothek in medizinischen Fachbüchern nachgeschlagen und sich selbst behandelt.

Bis heute war er nicht sicher, ob er ganz geheilt war. Mit einer Frau war er nie wieder zusammengewesen. Er hatte keine Lust mehr dazu gehabt.

Die Suppe im Topf begann zu brodeln. Die ersten rotglühenden Aschenbrocken fielen durch den Rost. Im Kamin hörte man den Wind pfeifen, und Madame Lange stieg in den Keller hinunter, um für Lola einen Eimer Kohlen heraufzuholen.

Es war ein grauer Tag. Am nächsten Morgen bedeckte Glatteis die Straßen wie eine schwarze Glasur, und Stan zog sich Überschuhe an. An der Straßenecke sah man eine Frau ausgleiten. Zwei Männer halfen ihr wieder auf die Beine.

Er hatte nicht mit Mikhail gesprochen, wie Madame Lange es von ihm verlangt hatte. Als sich der Rumäne an jenem Abend zum Ausgehen anschickte, hatte sie Elias angesehen, als wollte sie sagen: »Na los! Jetzt ist der richtige Augenblick!«

Er aber machte ein verschlossenes Gesicht und rührte sich nicht.

»Bei diesem Wetter sollten Sie nicht ausgehen, Monsieur Michel, es ist eisig kalt.«

»Ich gehe nur mit meinen Freunden ein Gläschen trinken und bin bald wieder zurück.«

Aus seiner Heimat hatte er einen Mantel mit Persianerkragen mitgebracht, in dem er in einer Stadt, in der nur ein paar alte Herren einen solchen Mantel trugen, eine seltsame Figur machte. Er wirkte darin nur noch jünger. Die Kälte ließ seine Haut dunkler wirken und färbte seine Wangen rosig.

»Jede Frau wäre selig, wenn sie so lange Wimpern hätte wie er!« sagte Madame Lange, als er die Tür hinter sich geschlossen hatte.

Elias verbrachte den Abend drunten, allein mit den beiden Frauen. Louise hatte Stoff auf dem Tisch ausgebreitet, ein Schnittmuster aus Packpapier darübergelegt und schnitt mit einer großen Schere und Stecknadeln zwischen den Lippen sorgfältig zu.

Ein wenig abseits saß Madame Lange mit einem Eimer zwischen den Füßen und schälte Kartoffeln, die nacheinander in das saubere Wasser plumpsten, während sich die Schalen in ihrer Schürze anhäuften.

Elias sprach nicht. Es kam selten vor, daß er sich mit ihnen unterhielt. Er war in eins seiner Bücher vertieft, bewegte hin und wieder die Lippen oder starrte die beiden Frauen abwechselnd an, ohne sie wirklich zu sehen.

»Sieht so aus, als ob dieser Winter genauso kalt wird wie der 1916.«

Madame Lange war die einzige, die sprach, aber sie erwartete keine Antwort. Es genügte ihr, von Zeit zu Zeit einen Satz von sich zu geben, den sie manchmal nicht einmal beendete.

»Das war der Winter, in dem wir am meisten unter der Lebensmittelrationierung gelitten haben. Ich erinnere mich, wie ich einmal einen Fußmarsch von zwanzig Kilometern machen mußte, um auf einem Bauernhof Kartoffeln zu holen. Jedesmal, wenn man eine

Patrouille erspähte, mußte man sich verstecken. Im selben Winter ist mein Mann in Flandern gefallen.«

Monsieur Lange war Berufssoldat gewesen, Unteroffizier. Zwei Häuserblocks weiter gab es eine Kaserne, in der er, als er noch lebte, seine Tage damit verbrachte, die Rekruten zu drillen. An der Wand hing ein Foto von ihm in Uniform, an dessen goldenem Rahmen das Ehrenzeichen steckte, das ihm verliehen worden war.

Ohne Mikhail wäre jeder Abend so verlaufen, und Elias wäre weiterhin glücklich gewesen. Madame Lange verstand ihn nicht, sie bildete sich ein, er sei auf den Rumänen eifersüchtig.

Daß sie die Fotos so wichtig nahm, war nur ein Zeichen unter vielen, daß sie kein Urteilsvermögen besaß. Er, Elias, wußte, hatte von Anfang an gewußt, daß ein Fremdkörper ins Haus eingedrungen war und daß dabei nichts Gutes herauskommen konnte.

»Bist du sicher, daß du die Ärmellöcher groß genug gemacht hast?«

»Ja, Maman.«

»Das hast du letztes Mal auch gesagt, und dann mußtest du das ganze Kleid wieder auftrennen.«

Selbst so nichtige Sätze wie dieser gaben Elias ein Gefühl der Geborgenheit, wie er es nirgendwo sonst kennengelernt hatte. Er war nicht neidisch auf Mikhail, wie Madame Lange glaubte, ganz im Gegenteil. Er litt auch nicht darunter, daß er arm war. Es lockte ihn nicht, sich mit Freunden im Café zu treffen und dummes Zeug zu schwatzen. Es lag ihm auch nichts daran, nackte Mädchen in ihren Zimmern zu fotografieren.

Noch vor wenigen Wochen hatte er sich nichts anderes gewünscht als so weiterzuleben, und damals schien das nicht schwierig.

»Kommen Sie mit Ihrer Doktorarbeit voran, Monsieur Elie?«

»Ja, Madame, wenn auch nicht so schnell, denn ich bin gerade beim schwierigsten Teil. Morgen muß ich in der Bibliothek arbeiten.«

Ab und an ging er zum Arbeiten in die Universitätsbibliothek, wo er die Nachschlagewerke fand, die ihm zu Hause fehlten. Auch die Atmosphäre in der Bibliothek liebte er, mit den grünen Lampenschirmen, die Lichtkreise auf die Tische und die gesenkten Köpfe warfen.

»Ob Monsieur Michel heute wieder so spät nach Hause kommt?«

»Kümmere dich doch nicht so viel um ihn, Maman«, sagte Louise in einem Ton, der Elias erschreckte.

»Seine Mutter hat mich doch eigens gebeten, auf ihn aufzupassen.«

»Er ist zweiundzwanzig.«

»Trotzdem ist er noch ein Kind.«

»Seit einiger Zeit könnte man meinen, daß es nur ihn auf der Welt gibt.«

War sie etwa auch eifersüchtig? Sie hatte lebhafter als sonst gesprochen, und Elias war sich noch nicht klar, ob ihn das freuen oder beunruhigen sollte.

»Später wirst du es verstehen«, seufzte ihre Mutter.

Das war alles zu diesem Thema, denn Madame Lange war mit ihren Kartoffeln fertig, spülte sie unter dem Wasserhahn ab und schüttete sie in den Suppentopf.

Ungefähr zehn Minuten lang waren Louise und Elias allein im Eßzimmer. Das junge Mädchen steckte jetzt das Kleid mit Stecknadeln zusammen. Elias sprach kein Wort mit ihr, und auch sie schwieg.

Aber wenn er den Blick hob, sah er ihr ein wenig blasses Profil, die zarte Linie ihres Nackens, die sanfte Wölbung ihres Rückens und war zufrieden. Er hatte sich nie gefragt, wie ihr Körper unter dem Wollkleid aussehen mochte. Auf den Gedanken, daß ein Mann Lust haben könnte, sie in den Armen zu halten, war er nie gekommen.

»Brauchst du noch lange, Louise?«

»Ein Viertelstündchen, Maman.«

»Ich gehe schon mal hinauf. Ich habe einen harten Tag hinter mir. Machst du dann das Licht aus?«

Madame Lange hatte keine Bedenken, ihre Tochter mit Elias allein zu lassen.

»Gute Nacht.«

Auch Stan war ausgegangen, um in einem Gymnasium eine Sportstunde zu halten. Abends fuhren die Straßenbahnen auf der nahen Hauptstraße nur jede Viertelstunde, und wenn sie anhielten, hörte man die Bremsen quietschen und konnte sich vorstellen, wie sie mit ihren gelben Lichtern und den Silhouetten der wenigen Fahrgäste durch die nur in großen Abständen von Gaslaternen beleuchteten Straßen ratterten. Als Louise ihre Stoffteile zusammenrollte und unter den Deckel der Nähmaschine schob, war es zehn Uhr. Unbefangen, als spräche sie mit einem Bruder, fragte sie Elias:

»Gehen Sie auch hinauf?«

»Ja.«

Es kam selten vor, daß sie das Zimmer gemeinsam

verließen und das Licht löschten. Sie knipste auch in der Küche die Lampe aus, nachdem sie sich vergewissert hatte, daß die Luftklappe am Ofen richtig eingestellt war. Elias wartete mit den Büchern in der Hand im Flur auf sie, in dem die Laterne gelbes, grünes und blaues Licht verbreitete, mit rötlichen Sprenkeln zur Decke hin.

Auf der Treppe ließ er ihr den Vortritt. Im Zwischengeschoß blieb sie stehen, um ihm gute Nacht zu sagen, und dann blieb ihm nichts übrig, als in die eisige Kälte seines Zimmers zu treten und so schnell wie möglich ins Bett zu schlüpfen.

Als Mikhail nach Hause kam, war es Mitternacht vorbei, und Elias schlief immer noch nicht.

Am nächsten Tag und auch am übernächsten regnete es, ein dichter, kalter Regen, der gar nicht mehr aufhören wollte, und in manchen Schaufenstern in der Geschäftsstraße brannten den ganzen Tag die Lichter.

Am Nachmittag überquerte Elias den Fluß, um zur Universität zu gehen. Er hatte eine lange Unterredung mit seinem Professor, einem weltberühmten Mathematiker, und sie besprachen einen wichtigen Punkt seiner Doktorarbeit.

»Fahren Sie an Weihnachten nicht nach Hause?«

Elias verneinte. Der Professor sah ihn durch seine dicken Brillengläser neugierig an. Es kam häufig vor, daß er ihn so ansah, wenn sie zusammen gearbeitet hatten, so als studiere er ein eigenartiges Phänomen.

Fünf Tage später, nach einem öden, trübseligen Sonntag, machte Elias seine Entdeckung.

Den Vormittag hatte er in Madame Langes Küche

verbracht. Gleich nach dem Mittagessen hatte er sich auf den Weg zur Universität gemacht und überstürzt das Haus verlassen, um zu vermeiden, daß Mikhail ihm vorschlug, gemeinsam zu gehen. Es regnete immer noch, vereinzelt mischten sich schmutzigweiße Flokken in den gleichmäßig herabstrichelnden Regen, und die Hände tief in den Taschen seines seltsamen Mantels vergraben, schritt Elias rasch aus, ohne daß sein Schal verhindern konnte, daß ihm das Wasser in den Hals rann.

In der Bibliothek bildeten nasse Fußspuren Pfade zu jedem besetzten Stuhl, und an den Fensterscheiben rieselte das Wasser herab und verformte die dunklen Äste, die sich gegen den Himmel abzeichneten.

Um halb sechs stand er auf, zog seinen Mantel über und ging zum Ausgang, ohne mit irgendwem gesprochen zu haben, tippte lediglich an die Mütze, als er am Aufseher vorbeiging.

Es war nicht weit bis zur Brücke über den mit monotonem Plätschern dahinströmenden Fluß, dessen bewegte Oberfläche da und dort von Lichtern erhellt wurde. Statt hinter der Brücke rechts in die belebte Straße einzubiegen, auf der die Straßenbahnen dicht am Trottoir entlangfuhren und wo es beinahe jede Woche einen Unfall gab, nahm er die Abkürzung durch eine menschenleere Straße, wo ihn nur das Geräusch des Regens und seiner Schritte begleitete.

Alle fünfzig Meter bildeten die Gaslaternen eine Lichtzone, und zwischen diesen Zonen herrschte fast völlige Dunkelheit.

Ein Stück weiter, genau an der Grenze zwischen

einer hellen und einer dunklen Zone, lag ein unbebautes Grundstück, zu dem ein Bretterzaun, der ein wenig hinter der Häuserlinie verlief, den Zugang verwehrte.

Elias hatte den Blick geradeaus gerichtet. Wahrscheinlich sah er auf den Boden, um den Wasserpfützen auszuweichen. Er tat es ganz mechanisch, ohne zu überlegen. Woran er gerade dachte und weshalb er, mit dem sicheren Gefühl, an jemandem vorbeizugehen, der reglos dastand, plötzlich den Kopf hob und nach rechts blickte, hätte er nicht sagen können.

Wegen des Regens ging er dicht an den Häusern entlang und hatte den Eindruck, daß er denjenigen, der sich da in die Ecke drückte, beinahe angerempelt hätte.

Es war nicht nur einer, sondern ein Pärchen; der Mann lehnte an der Bretterwand, und die Frau, die Elias den Rücken zuwandte, schmiegte sich an ihren Freund, das Gesicht zu seinem Gesicht erhoben, ihre Lippen auf die seinen gepreßt.

Er hatte gar nicht hinsehen wollen. Es war ihm sogar so peinlich, daß er nahe daran war, eine Entschuldigung zu murmeln, und genau in diesem Augenblick erkannte er die Mütze und den Kragen aus Zobelpelz und das etwas abgewandte hingebungsvolle Profil von Louise, das ihm so vertraut war.

Er hatte auch Mikhail erkannt, nicht nur an seinem Mantel, sondern an seiner Figur, an seinem schwarzen Haar, auf das er es regnen ließ, denn er hatte den Hut abgenommen.

Es dauerte nur Sekunden. Er versagte es sich, zurückzublicken. Er war sich seiner Sinne ganz sicher. Was er nicht wußte, war, ob er ebenfalls erkannt worden war. Das blasse, verschwommene Bild zweier Gesichter, zweier aufeinandergepreßter Münder verfolgte ihn.

Er hatte noch mehr als fünf Minuten, um sich zu beruhigen, aber als er zu Madame Lange in die Küche trat, war er immer noch rot.

»Sie haben bestimmt Fieber«, sagte sie. »Ich wette, daß Ihre Schuhe nicht wasserdicht sind.«

Er spürte, daß seine Augen feucht glänzten, daß sein Gesicht verquollen war. Er konnte nichts dafür. Es war schon immer so gewesen. Als er klein war, brauchte ihn seine Mutter nur anzusehen, um festzustellen: »Du hast etwas Böses getan!« Und sie hatte sich nie getäuscht.

Vielleicht war dies der Grund, weshalb er sie geradezu gehaßt hatte.

»Ziehen Sie schnell Ihre Pantoffeln an, bevor wir essen. Heute abend gebe ich Ihnen zwei Aspirin.«

Im Vorbeigehen erblickte er sich im Spiegel, wandte aber lieber den Blick ab. Da ging auch schon die Haustür auf. Louise kam herein, blieb an der Garderobe stehen, um ihren Mantel aufzuhängen und ihre Überschuhe abzustellen.

»Essen wir?« hörte er sie mit der gleichen Stimme wie immer fragen, während sie die Glastür zur Küche aufstieß.

»Wir warten noch auf Monsieur Michel. Er wird auch bald kommen.«

Elias stand auf der Treppe und überlegte, ob er hinuntergehen oder nicht lieber krank spielen und sich ins Bett legen sollte. Ohne die feuchte Kälte in seinem Zimmer hätte er es bestimmt getan.

Als er hörte, wie der Schlüssel im Schloß umgedreht wurde, ging er rasch ins Eßzimmer hinunter, wo Lola bereits an ihrem Platz saß und ihr Essen aus der Blechdose auspackte.

Er nickte ihr stumm zu, holte ebenfalls seine Dose, ging an Louise vorbei, ohne sie anzusehen.

»Setzt euch, Kinder. Ich höre Monsieur Michel heimkommen.«

Sie war dabei, Pommes frites zu machen, nur für den Rumänen, und das Fett brutzelte auf dem Herd, blauer Dunst erfüllte die Küche.

»Worauf wartest du, Louise?«

»Auf nichts.«

Sie folgte Elias, setzte sich an den Tisch, und als er den Blick zu ihr zu heben wagte, stellte er überrascht und enttäuscht fest, daß sie nicht anders aussah als an den anderen Abenden.

Sie beachtete ihn nicht. Wahrscheinlich wußte sie gar nicht, daß er sie gesehen hatte.

Nur ihre Lippen kamen ihm ein wenig röter, ihr Blick lebhafter vor als sonst. Ein anderer als er hätte diese Veränderung an ihr nicht einmal bemerkt, so geringfügig war sie, und man hätte sie ebensogut auf den Regen und die Kälte schieben können.

»Ist Monsieur Stan noch nicht runtergekommen?«

»Da bin ich schon, Madame«, sagte dieser auf der Treppe.

Es dauerte immer eine Zeitlang, bis jeder mit seiner

Mahlzeit vor sich an seinem Platz saß. Mikhail setzte sich als letzter, und Elias hatte den Eindruck, daß er, anders als Louise, seinen Blick suchte, während ein kaum wahrnehmbares Lächeln, das seine gute Laune widerspiegelte, um seine beinahe weiblichen Lippen spielte.

»Bei diesem Wetter werden Sie heute hoffentlich nicht wieder ausgehen«, meinte Madame Lange, die ihm das Essen servierte.

Er sah Elias an und wartete wie immer auf die Übersetzung, doch Elias hatte seine Rolle ganz vergessen und starrte mit leerem Blick vor sich hin.

»Verzeihung«, murmelte er, als er merkte, daß alle Blicke auf ihn gerichtet waren. »Was haben Sie gesagt, Madame Lange?«

»Daß er heute abend hoffentlich nicht ausgeht. Ich habe keine Lust, an Weihnachten Grippekranke zu pflegen.«

Er übersetzte und bemerkte ein vergnügtes Funkeln in den dunklen Augen des Rumänen.

»Ich gehe nicht aus«, bestätigte er heiter. Elias brauchte nicht zu übersetzen, Madame Lange hatte verstanden, an seinem Tonfall und seinem Gesichtsausdruck. Elias hatte den Eindruck, daß auch Louise zum Lachen zumute war, das sie nur mühsam unterdrückte.

Er war der einzige am Tisch, der ihr Spiel durchschaute. Sie vermieden es, miteinander zu sprechen. Tatsächlich war Lola diejenige, die unentwegt plapperte und, da gerade Weihnachten erwähnt worden war, vom Weihnachtsfest zu Hause im Kaukasus erzählte.

Hin und wieder trafen sich wie aus Versehen Mikhails und Louises Blicke. Sie versagten es sich beide, einander tiefer in die Augen zu sehen, sondern ließen ihre Blicke umherhuschen, während dem Rumänen, der sich rasch über seinen Teller beugte, eine verhaltene, beinahe kindliche Freude ins Gesicht geschrieben stand.

Die Veränderung in den Zügen des jungen Mädchens war von subtilerer Art, nahezu unsichtbar; bei ihr war es nicht sprühende Freude, sondern eher heitere Zufriedenheit.

Man hätte meinen können, daß sie plötzlich gereift war, daß sie mit einem Mal erfüllter wirkte.

»Und was ißt man bei Ihnen bei der Rückkehr von der Mitternachtsmesse?« fragte Madame Lange.

Lola begann die traditionellen Gerichte ihrer Heimat aufzuzählen, während Elias seinen Tee trank und Mikhail ihm, so kam es ihm jedenfalls vor, einen vorwurfsvollen Blick zuwarf.

4

Die Sechs-Uhr-Messe und der Vespergottesdienst

Genau wie die Natur, so hatte auch das Haus seine Jahreszeiten, die Elias mit der Zeit kennengelernt hatte. Zum Beispiel machte Madame Lange alljährlich eine Periode der Frömmigkeit durch, die erste in der Vorweihnachtszeit, wenn man die Kinder in der Schule Adventslieder singen hörte, und dann noch einmal eine zu Beginn der Fastenzeit.

Anstatt sich, wie in den übrigen Monaten des Jahres, mit der stillen Messe am Sonntag zu begnügen, besuchte sie dann jeden Morgen die Sechs-Uhr-Messe und ging am Spätnachmittag noch einmal in die Kirche zum Vespergottesdienst.

Manchmal hörte Elias, der einen leichten Schlaf hatte, um zwanzig vor sechs ihren Wecker im zweiten Stock klingeln. Etwa um diese Zeit riefen die Glocken der Kirche, deren Dach man genau über dem der Schule gegenüber sehen konnte, zum ersten Mal; kurz danach schlich die Hauswirtin mit den Schuhen in der Hand die Treppe hinunter, was sie allerdings nicht daran hinderte, immer dieselbe Stufe knarren zu lassen.

Elias blieb mit offenen Augen im Dunkeln liegen und lauschte auf den Pulsschlag des Hauses, und wenn er eine Zeitlang reglos dagelegen hatte, war ihm, als höre er den Atem der Schlafenden in ihren Zimmern, das

Ächzen der Matratze, wenn sich einer von ihnen im Bett umdrehte.

Vor der Messe ging Madame Lange nicht in die Küche. Auf der untersten Treppenstufe sitzend, zog sie sich die Schuhe an, und wenn sie die Tür hinter sich schloß und in die Kälte der verlassen daliegenden Straße hinaustrat, läuteten die Glocken zum zweiten Mal.

Die Messe war kurz, nur ein paar alte Frauen, zumeist Witwen, knieten, schwarz gekleidet wie Madame Lange, in dem gewaltigen Kirchenschiff verstreut, den Blick fest auf die Altarkerzen gerichtet. Um halb sieben war sie schon zurück und zündete als erstes, noch bevor sie Mantel und Hut ablegte, das Feuer im Küchenherd an. Nach und nach begann das Haus sein morgendliches Leben. Den Auftakt bildete der Geruch von brennendem Holz und Petroleum, der es durchzog; als nächstes hörte man im gelben Zimmer in der ersten Etage das geräuschvolle Hin und Her von Stan Malewitz, der vor seiner Morgentoilette Lockerungsübungen vollführte.

Später kam dann der Kaffeeduft, und noch später ertönten auf der Treppe die Schritte von Louise.

In der Woche darauf kam Louise nicht mehr so früh herunter. Sie hatte wie jeden Winter eine schlimme Grippe mit Bronchitis und Halsschmerzen. Da ihr Mansardenzimmer, das keinen Kamin besaß, nicht zu beheizen war, hütete sie nicht das Bett, sondern verbrachte den Tag im Sessel am Eßzimmerofen.

Normalerweise wurde dort nur zum Abendessen und für Mikhails Mittagessen Feuer gemacht.

»Sie können sich zum Arbeiten ins Eßzimmer setzen, Monsieur Elie. Dort haben Sie es bequemer als in der Küche, und meine Tochter stört Sie bestimmt nicht.«

Louise beklagte sich nicht, sie war eine anspruchslose Patientin. Ihre Mutter hatte ihr ein paar Bücher aus der Stadtbücherei geholt, und sie las fast den ganzen Tag und unterbrach ihre Lektüre nur, um zum grauen Himmel über der weißen Hofmauer hinauszublicken.

Mikhail hatte, seit Elias in der dunklen Ecke auf das Liebespaar gestoßen war, mit keinem Wort auf den Zwischenfall angespielt, aber Elias war sich trotzdem sicher, daß er ihn erkannt hatte. Der Rumäne sah ihn manchmal so bedeutsam an, mit einer kindlichen Freude in den Augen, als wolle er sagen: »Das Leben ist doch schön, nicht wahr?«

Für ihn war das Leben ein Spiel, er genoß es in vollen Zügen, lächelte entwaffnend und ließ dabei seine strahlend weißen Zähne blitzen.

Er konnte ein paar Brocken Russisch und neckte bei Tisch Lola, die ihm nie böse sein konnte, in einem fort ihr seltsames kehliges Lachen hören ließ und dem jungen Mann bei jeder Gelegenheit die Hand auf den Arm oder die Schulter legte.

»Sie sind schon ein verrückter Kerl!« schrie sie. »So ein verrückter Kerl, Madame Lange! So einen wie Mikhail hätte ich gern als Bruder!«

Worauf die Hauswirtin entgegnete:

»Als Bruder? Sind Sie sich da sicher?«

Louise sah immer noch aus, als höre sie nicht zu, mitten unter den anderen führte sie in sich gekehrt und verträumt ihr eigenes Leben, so daß Elias manchmal an seinen Sinnen zweifelte und sich fragte, ob wirklich sie es gewesen war, die er dort am Zaun eng umschlungen mit dem Rumänen gesehen hatte.

Er hätte den neuen Untermieter gern gehabt. Er gab sich alle Mühe. Seinetwegen war das Leben im Haus nicht mehr so wie früher, seinetwegen war Elias um seine Ruhe gebracht, strich er umher wie eine Katze, die ihren vertrauten Schlafplatz nicht mehr findet.

Ahnte Mikhail etwas davon? Er lebte sein eigenes Leben zu intensiv, um sich um die anderen zu kümmern, und da er selbst glücklich war, hatte es jeder um ihn herum auch zu sein.

Elias verbrachte jetzt fast den ganzen Tag im Eßzimmer, ganz allein mit Louise. Von Zeit zu Zeit ging er hinauf ins Zwischengeschoß, um ein Buch oder ein Heft zu holen. Wenn er die Treppe wieder hinunterstieg, hörte sie ihn oft nicht kommen und zuckte zusammen, wenn sie ihn plötzlich dicht neben sich sah.

»Habe ich Sie erschreckt?«

»Nein. Sie sind der einzige im ganzen Haus, der lautlos kommt und geht.«

»Weil ich den ganzen Tag Pantoffeln anhabe.«

Er trug Pantoffeln mit Filzsohlen.

»Auch wenn Sie Straßenschuhe anhaben. Ich frage mich, wie Sie das machen.«

Es war keine Absicht. Seit seiner Kindheit war das so. In der Wohnung in Wilna war es weiß Gott recht laut zugegangen. Und doch erinnerte er sich, auch die Mutter oft erschreckt zu haben. Einmal hatte sie zu ihm gesagt:

»Man hört dich so wenig wie einen Fisch im Glas.«

Damals hatte ihn das bekümmert, denn es kam ihm vor, als ob hinter diesen Worten mehr steckte. Hier in Lüttich war er einmal auf der Straße stehengeblieben, um Kindern beim Murmelnspielen zuzusehen, und auch sie waren erschrocken weggelaufen, als sie sich umdrehten und ihn dort stehen sahen, wo sie niemanden vermuteten.

Hätte er Louise nicht in Mikhails Armen gesehen, dann hätte er die Arbeit, der er sich jetzt jeden Nachmittag in der Bibliothek widmete, vielleicht noch einmal verschoben, um die ganze Zeit, die sie wegen ihrer Grippe ans Haus gefesselt war, bei ihr zu verbringen.

Jetzt hatte das keinen Sinn mehr, keinen Reiz. Auch Mikhail blieb nicht zu Hause. Er ging weiterhin abends aus, traf Freunde, vielleicht auch Mädchen, die er nackt in ihren Zimmern fotografierte. Nur ganz selten einmal glaubte Elias zu sehen, wie Mikhail und die Tochter von Madame Lange einen kurzen Blick tauschten, aber er war sich nicht sicher und begann sich zu fragen, ob die Umarmung damals im Regen nicht bloß zufällig gewesen sei.

Um fünf Uhr war er selten zu Hause. Trotzdem wußte er, daß die Hauswirtin, wenn sie in ihrem Küchenherd nachgeheizt und die Luftklappe reguliert hatte, ihren Mantel anzog und den Hut aufsetzte und dicht an den Häusern entlang zur Kirche eilte.

Der Vespergottesdienst dauerte länger als die Messe, denn da wurden endlose Gebete gesprochen, die draußen als leises Gemurmel zu hören waren. Gegen zwanzig vor sechs mußte sie zurück sein, um diese Zeit trafen nach und nach die Untermieter ein und versammelten sich zum gemeinsamen Essen. Mikhail kam meistens als letzter, und sein Atem roch manchmal leicht nach Aperitif.

An einem Montag gegen halb fünf wurde Elias, während er unter einem der grünen Lampenschirme in der Bibliothek arbeitete, plötzlich von heftigen Kopfschmerzen befallen, die ihm den Mut nahmen, seine Studien an diesem Tag fortzusetzen. Da die Feiertage bevorstanden, waren die Straßen schwarz von Menschen, die in einem ununterbrochenen Strom an den überquellenden, hell erleuchteten Schaufenstern vorbeizogen.

Als er die Kirchenmauer entlangging, hörte er die volltönende Stimme eines Priesters Gebete sprechen, die die Gemeinde murmelnd wiederholte. Einen Augenblick fühlte er sich verlockt, die Stufen zum Vorhof hinaufzusteigen und eine der gepolsterten Türen aufzustoßen, deren Schwelle er noch nie überschritten hatte, deren Knarren ihm jedoch vertraut war. Aus Trägheit, aber auch aus Taktgefühl ließ er es dann doch bleiben. Er hatte noch nie eine katholische Kirche betreten. Madame Lange hatte ihn schon oft gedrängt, einmal mitzukommen:

»Sie werden sehen, wie schön es ist! Und Sie können die Orgel hören!«

Er hatte sie von der Straße aus gehört, wenn er sonntags an der Kirche vorbeiging, vor allem, wenn nach dem Hochamt die Portale weit aufgingen und die Menge der Gläubigen mit gedämpftem Füßescharren herausströmte.

Je näher er dem Haus kam, desto dunkler und verlassener wurden die Straßen, und als er um die letzte Ecke bog, war weit und breit niemand mehr auf dem Trottoir zu sehen. Erst wenige Schritte vor der Haustür bemerkte er den schmalen Lichtstreifen, der zwischen den Vorhängen des granatroten Zimmers hervordrang. Es war noch nicht einmal fünf Uhr. Er wunderte sich, daß Mikhail schon zu Hause war. Trotzdem war es keine Absicht, wenn er die Haustür völlig lautlos öffnete, es war ihm nicht wirklich bewußt, daß er nicht den geringsten Lärm machte, und er ging mit seinem ganz normalen Schritt durch den Flur auf die offenstehende Eßzimmertür zu.

Es fiel ihm sofort auf, daß Louises Sessel leer war. Auch in der Küche war Madame Langes Tochter nicht. Die Tür zwischen Eßzimmer und Mikhails Zimmer war geschlossen.

Was ihn am meisten erstaunte und ihm die Brust zusammenschnürte, war, daß er keinerlei Geräusch hörte. Selbst als er sich dicht an die Tür stellte und das Ohr daran hielt, vernahm er keinen Ton, nicht das leiseste Flüstern, und er blieb lange so stehen, mit gespitzten Ohren und schmerzlich verzogenem Gesicht.

Widerstrebend gab er der Versuchung nach, sich zu bücken und durch das Schlüsselloch zu schauen, ging beinahe in die Knie, wobei er sich mit der Hand am Türrahmen festhielt.

Was er sah, ließ ihn erstarren, und ihm war, als stocke ihm während der ganzen Zeit, die er durch das Schlüsselloch spähte, der Atem. Nur sein Blut spürte er in den Pulsadern und in den Halsschlagadern pochen.

Das Licht in Mikhails Zimmer war rötlich wie der seidene Lampenschirm. Das Bett, ein sehr hohes Bett, stand rechts, und am Bettrand lag Louise mit gespreizten Beinen, in genau der gleichen Position wie das Mädchen, bei dem Elias sich angesteckt hatte, während Mikhail vor ihr stand und mit rhythmischen Bewegungen kräftig in sie hineinstieß.

Von beiden sah er nur das Profil. Das junge Mädchen sah, vielleicht wegen der Beleuchtung, sehr blaß und wie entrückt aus, die Lippen hatten die gleiche Farbe wie die Haut, die Augen waren geschlossen. Ihr Gesicht war völlig ausdruckslos und so starr, daß man sie für eine Tote hätte halten können.

Mikhail sprach nicht, lächelte nicht, und Elias konnte ihn von seinem Posten aus atmen hören, im Gleichtakt mit seinen Bewegungen.

Erst ganz am Ende bäumte Louise sich zwei-, dreimal auf und verzog das Gesicht, ob vor Lust oder vor Schmerz, war nicht zu erkennen. Der Mann verharrte einen Augenblick reglos, trat einen Schritt zurück, ließ ein kleines, trockenes Lachen hören und streckte die Hand aus, um ihr beim Aufstehen zu helfen.

Auch Elias stand auf, verließ das Eßzimmer, blieb im Flur stehen, um seinen Mantel an die Garderobe zu hängen, und hörte sie im Zimmer miteinander sprechen.

Ohne Licht zu machen, ging er in sein Zimmer hinauf und warf sich auf sein Bett. Er hatte die Hände zu Fäusten geballt, Ober- und Unterkiefer so fest aufeinander gepreßt, daß die Zähne knirschten. Schauerliche Gedanken schossen ihm in wildem Durcheinander durch den Kopf, und ab und zu kam ihm ein Satz über die Lippen, der nicht unbedingt etwas bedeuten mußte, aber doch genau das ausdrückte, was er empfand.

»Ich bringe ihn um!«

Ihn umbringen! Wie ein Kind, dem eine schreckliche Enttäuschung widerfahren ist, stieß er leise, ohne recht zu wissen, was er sagte, zwischen zusammengebissenen Zähnen immer wieder die gleichen Worte hervor:

»Ich bringe ihn um!«

Es war kein Plan und erst recht kein Entschluß. Ihm war gar nicht danach, es zu tun, aber es zu sagen, erleichterte ihn. Weinen konnte er nicht. Er hatte noch nie im Leben geweint. Wenn seine Mutter ihn schlug, brachte sie das, was sie seine Gleichgültigkeit nannte, jedesmal auf die Palme, und sie schrie ihn an:

»Weine doch! Weine endlich! Bist du vielleicht nicht aus dem gleichen Holz geschnitzt wie wir anderen? Du bist zu stolz, stimmt's?«

Es stimmte nicht. Er war nicht stolz. Es war keine Absicht. Er konnte nichts dafür, wenn sein Gesicht dunkelrot anlief und seine Augen glänzten, aber trokken blieben, und er sonst keine Gefühlsregung zu zeigen vermochte.

Sein Kopfweh war vergessen. Jetzt tat ihm alles weh, als ob sein Leib und seine Seele eine einzige Wunde wären. Jetzt würde er Mikhail endlich hassen können. Er haßte ihn. Bis zu seinem Tod würde er Louise vor sich sehen, so wie er sie eben gesehen hatte, aus nächster Nähe, so daß ihm nicht das leiseste Zucken ihres Gesichts entgangen war.

War es das erste Mal gewesen? Sie hatten sich nicht

umschlungen gehalten. Von Liebe, von Zärtlichkeit war an ihrer Stellung und ihrem Verhalten nichts zu spüren gewesen. Gleich danach, als Elias durch den Flur ging, hatten sie in ganz normalem Ton miteinander gesprochen.

Inzwischen hatte Louise wohl wieder ihren Platz im Sessel eingenommen. Man hörte Stimmen, das Geräusch des Schürhakens im Küchenherd, die Tür, die für Stan Malewitz geöffnet wurde. Nur Lola war noch nicht nach Hause gekommen.

Er überlegte, ob er hinuntergehen sollte. Er hätte gern irgend etwas Außergewöhnliches getan, etwas genauso Dramatisches wie seine Entdeckung vorhin, aber ihm fiel nichts ein.

»Monsieur Elie!«

Die Hauswirtin rief unten an der Treppe nach ihm und fügte zu seiner Überraschung hinzu:

»Mademoiselle Lola! Zeit fürs Abendessen!«

Und wirklich kam Lola aus ihrem Zimmer, in dem sie also schon gewesen sein mußte, bevor Elias nach Hause kam. Sie war heute wahrscheinlich gar nicht aus dem Haus gegangen, und Louise mußte es gewußt haben. Es hatte die beiden überhaupt nicht gekümmert. Wer weiß, ob sie nicht vielleicht auch Elias hatten heimkommen hören, ohne sich dadurch abhalten zu lassen?

Jemand kam die Treppe herauf. Schritte näherten sich seiner Tür. Er sprang aus dem Bett, während Madame Lange ihn schalt:

»Was machen Sie denn hier im Dunkeln?«

»Ich habe mich ausgeruht.«

Und unbeholfen fügte er hinzu:

»Ich hatte schlimme Kopfschmerzen.«

»Kommen Sie schnell herunter, sonst erkälten Sie sich!«

Er gehorchte. Sie redete fast immer in barschem Ton mit ihm, aber er war überzeugt, daß sie ihn mochte. Sie war der einzige Mensch auf der Welt, der Interesse, wenn nicht sogar Zuneigung für ihn zeigte.

»Sind Sie schon lange zurück?«

Sie waren beide auf der Treppe. Die Türen standen offen. Von unten konnte man sie hören. Um sie zu beunruhigen, hätte er beinahe geantwortet, daß er schon seit einer Stunde hier sei, aber er getraute sich nicht.

»Ich bin kurz vor Ihnen gekommen.«

Die anderen, auch Louise, saßen schon bei Tisch. Die Tür zum granatroten Zimmer, durch die Mikhail hereingekommen war, stand halb offen, und Elias war deshalb während des ganzen Abendessens verlegen. Obwohl man nichts erkennen konnte, weil das Licht ausgeschaltet war, sah er ständig das Bett vor sich.

Eine ganze Weile wagte er Louise nicht anzusehen, und als er ihr schließlich einen schamhaften Blick zuwarf, hatte sie ihr ganz normales Gesicht, nur weniger blaß als vorhin. Mit ruhiger Stimme beantwortete sie zwei, drei Fragen, die ihre Mutter an sie richtete.

»Es gibt wieder Frost«, verkündete diese gerade. »Würde mich nicht wundern, wenn morgen richtiger Schnee käme, der liegenbleibt.«

Dann, an Elias gewandt:

»Fragen Sie ihn, ob es in seiner Heimat auch Schnee gibt.«

Er war nahe daran, sich zu weigern. Ihm kam das alles albern, ja widerwärtig vor. Einen Augenblick lang schien ihm alles um ihn herum unwirklich, die Gesichter am Tisch, das Licht, das Klappern der Messer und Gabeln, sogar das Haus selbst und die fremde Stadt.

Was hatte er hier zu suchen, so fern von dem Ort, an dem er geboren war, unter Menschen, die er nicht kannte, die nicht seine Sprache sprachen, die nichts mit ihm verband?

»Wollen Sie nicht übersetzen?«

»Doch. Entschuldigung.«

Sogar seine eigene Stimme klang ihm fremd in den Ohren.

Warum sollte er eine Frage übersetzen, wenn er die Antwort schon wußte?

Mikhail hatte kaum ausgesprochen, da fragte Madame Lange auch schon:

»Was sagt er?«

»Daß es in manchen Wintern über einen Meter Schnee gibt.«

»Aber dort ist es doch viel heißer als bei uns.«

»Im Sommer ist es sehr heiß und im Winter sehr kalt.«

»So ein Klima würde mir, glaube ich, nicht gefallen.«

Louise sah wie immer aus, als höre sie gar nicht zu.

»In meiner Heimat im Kaukasus...«, legte Lola los, wie jedesmal, wenn man ihr irgendein Stichwort gab.

Warum erzählte er eigentlich nie von seinem Land? Einmal hatte Madame Lange gesagt:

»Man könnte meinen, daß Sie sich Ihres Landes schämen.«

Nein, er schämte sich nicht. Aber es zog ihn auch nicht dorthin zurück, denn er hatte keine guten Erinnerungen daran.

»Sie sprechen nur ungern von Ihren Eltern, und als Ihre Mutter starb, haben Sie nicht einmal geweint. Haben Sie Ihre Mutter denn nicht geliebt?«

»Nein«, hatte er nur erwidert.

Dieser Antwort wegen hatte sie ihm wochenlang die kalte Schulter gezeigt. Liebte Louise ihre Mutter? Liebte sie Mikhail? Hatte dieser die geringste Zuneigung für sie? Gab es überhaupt einen Menschen auf der Welt, der fähig war, einen anderen wirklich zu lieben?

Er aß mechanisch, denn er hatte keinen Hunger. Er spürte, daß er rot geworden war, und wußte, daß die Hauswirtin, der das nie entging, ihn schließlich fragen würde, was er habe. Aber ihre Tochter zum Beispiel fragte sie nie, woran sie gerade denke, wenn sie plötzlich in den Wolken schwebte.

Und da kam es auch schon, gleich nach einem umständlichen Satz von Stan Malewitz über die Warschauer Eisbahnen.

»Ist irgendwas nicht in Ordnung, Monsieur Elie? Sie haben doch hoffentlich keine schlechten Nachrichten erhalten?«

»Nein, Madame«, sagte er, während Louise sich ihm zuwandte und ihn aufmerksam ansah.

Das brachte ihn vollends durcheinander, er verschluckte sich an seinem Tee, mußte husten und sich die Serviette vors Gesicht halten.

»Sie sind anders als sonst. Schon seit ein paar Tagen

kommt es mir vor, als seien Sie nicht ganz auf der Höhe.«

»Im Winter fühle ich mich nie recht wohl.«

»Wenn Sie nur kräftiger wären! Wenn man so arbeitet wie Sie und dabei so gut wie nichts ißt, kann man ja nicht gesund bleiben!«

Das war es, was ihr an ihm die größten Sorgen machte. Sie wußte genau, daß er zu wenig Geld hatte, um sich mehr zu essen zu kaufen.

»An Ihrer Stelle würde ich irgend etwas tun, und wenn es Straßenkehren wäre. Sie könnten auch Nachhilfeunterricht für Studenten geben, die nicht so weit sind wie Sie.«

Vor acht Tagen hatte sie vorgeschlagen:

»Warum geben Sie Monsieur Michel keinen Französischunterricht? Er sucht jemanden. Er würde so viel bezahlen, wie Sie wollen, er weiß gar nicht, wohin mit seinem Geld. Es würde Sie eine oder zwei Stunden täglich kosten, dafür könnten Sie sich genug zu essen kaufen.«

»Nein, Madame.«

»Sie sind zu stolz, das ist das Schlimme an Ihnen! Was haben Sie davon, wenn Ihr Stolz Sie ins Grab bringt!«

Er durfte sich nicht zu Louise wenden, denn dann würde sie sicher etwas merken. Vielleicht wußte sie ohnehin schon, was los war. Sie beobachtete ihn unablässig, und er verlor die Fassung und wartete sehnlichst, daß jemand etwas sagen und die Aufmerksamkeit von ihm ablenken würde.

Auch zu Mikhail, dessen Eau de Cologne er noch

über den Tisch hinweg roch, wollte er nicht hinübersehen.

»Mir ist schon oft aufgefallen, daß den Ausländern nicht ganz wohl ist, wenn es auf Weihnachten zugeht. Das ist auch verständlich. Sie sehen, wie die anderen sich darauf freuen, mit ihren Angehörigen zu feiern. Fragen Sie ihn, Monsieur Elie, was man bei ihnen am Weihnachtsabend ißt.«

Gleich darauf besann sie sich:

»Oh, entschuldigen Sie. Ich habe nicht daran gedacht, daß er auch Jude ist.«

Daraufhin trat Schweigen ein.

In dieser Nacht schlief er nicht vor drei oder vier Uhr morgens ein, als im Haus und in der Stadt schon seit einer Ewigkeit kein Laut mehr zu hören war. Er hatte gehört, wie die letzte Straßenbahn vorübergefahren war, viel später dann die Stimme eines Betrunkenen, danach die Turmuhr, die jede halbe und jede volle Stunde schlug. Er vermied jede Bewegung, denn bis auf die Fläche, die sein Körper bedeckte, war sein Bett eiskalt, und wenn er den Arm ausstreckte, traf seine Hand auf das klamme Laken.

Mehrmals sagte er sich, daß er Fieber habe und eine Krankheit ausbrüte, aber er wußte, daß es nicht stimmte. Es stimmte auch nicht, daß er mit offenen Augen dalag, und seine Gedanken wurden immer wirrer und zusammenhangloser, glitten ins Irreale ab, das allmählich mehr Raum einnahm als die Wirklichkeit.

Manchmal zum Beispiel war ihm, als verdopple er sich. Sein Leib lag nach wie vor zusammengekrümmt in der Bettkuhle, die Decken bis zur Nase hochgezogen, und durch seinen großen Kopf mit dem roten Haarschopf schwirrten wilde Gedanken. Gleichzeitig aber beobachtete er seinen Körper mit einer Art Abscheu, analysierte ganz nüchtern diese schlimmen Gedanken, die sich immerzu im Kreise drehten. Sie waren nicht schöner als sein aufgedunsenes Gesicht mit den Fisch- oder Krötenaugen. Vielleicht hatte ihn seine Mutter deshalb nicht geliebt, weil sie ihn innerlich so häßlich fand wie äußerlich, vielleicht hatte er deshalb nie Freunde gehabt und war nie von einer Frau so angesehen worden, wie Frauen Männer ansehen.

Weshalb war er eifersüchtig? Er war hier im Haus nur ein Untermieter wie die anderen, nein, nicht einmal wie die anderen, denn er war der ärmste und brachte Madame Lange wohl kaum Gewinn ein. Er profitierte von der Wärme in der Küche und im Eßzimmer. Er profitierte von der Gegenwart der anderen, vom Klang ihrer Stimmen. Er war es, der sich wissentlich an sie klammerte, denn im Grunde hatte er Angst vor dem Alleinsein, auch wenn er das nie vor jemandem zugegeben hätte und es sich selbst nicht gern eingestand.

Er bestahl sie, Louise noch mehr als die anderen. Da ihm der Mut fehlte, ihr den Hof zu machen und eine Abfuhr in Kauf zu nehmen, strich er um sie herum, begnügte er sich mit ihrer Gegenwart, mit dem Rhythmus ihres Atems, dem Anblick ihres farblosen Gesichts.

Und jetzt war er eifersüchtig, weil sie mit einem Mann ins Bett ging, wie es für einen Mann und eine Frau doch ganz natürlich ist. Schon vorher war er eifersüchtig gewesen. Er wäre es auch gewesen, wenn zwischen ihr und Mikhail nichts gewesen wäre.

Denn er hatte sich im Leben der anderen gewissermaßen eingenistet und wollte nicht zulassen, daß sich an diesem Leben irgend etwas änderte.

Worauf hatte er gehofft, ohne es sich selbst ganz klarzumachen? Er beabsichtigte nicht, nach Abschluß seiner Studien in seine Heimat zurückzukehren. Er hatte auch keine Lust, woandershin zu gehen.

Wie ein Kind, das sich nicht vorstellen kann, je seine Eltern zu verlassen, hätte er es für ganz natürlich gehalten, sein Leben lang hier bei Madame Lange zu bleiben, die weiter ihren täglichen Gewohnheiten nachging, bei Louise, die ihn weiter mit ihrer Gegenwart beglückte.

Es war lächerlich. Mikhail machte es richtig. Und gerade weil Elias das spürte, nahm er es ihm übel, daß er hier war, ja daß er überhaupt existierte.

Man warf ihm vor, stolz zu sein. Darin hatten sie sich alle getäuscht, angefangen bei seiner Mutter. Auch diejenigen, die wie sein Professor glaubten, daß er sich selbst genüge, und mit einer Mischung aus Bewunderung und Besorgnis auf ihn blickten.

Er war nicht stolz. Er genügte sich nicht selbst. Nur nahm er sich das, was er von den anderen brauchte, ohne daß sie es merkten. Er war im Grunde genommen ein Dieb. Und ein Feigling dazu. Er hatte genauso von Louise Besitz ergriffen wie Mikhail, wenn auch nicht in der gleichen Weise. Er hatte sie nicht aufs Bett geworfen. Dazu hatte er keine Lust. Davor hatte er Angst.

Trotzdem hatte er sie ohne ihr Wissen viel enger in sein Leben einbezogen als der Rumäne, so daß er jetzt das Gefühl hatte, als seien ihm die Wurzeln abgeschnitten worden.

Er mußte es schaffen, Mikhail zu hassen. Das war unerläßlich. Es würde eine Erleichterung für ihn sein, wenn er nicht mehr nur sich selbst zu hassen brauchte.

Ihm träumte, daß er nicht schlief und mit kaltem, unpersönlichem Blick sein Gewissen prüfte. Die Glocken läuteten. Mikhail kam gar nicht auf den Gedanken, daß er etwas Schlechtes getan haben könnte. Er war unschuldig, und immer wenn Elias ihn verurteilen wollte, riefen alle am Tisch: »Unschuldig!«

Droben klingelte der Wecker, nackte Füße tappten über den kalten Fußboden, und jetzt sank er in einen wirklich tiefen Schlaf, bis es an seiner Tür klopfte und Madame Langes Stimme rief:

»Sind Sie krank, Monsieur Elie?«

»Nein«, mußte er mit verschlafener Stimme antworten.

»Ich rufe seit zehn Minuten. Es ist acht Uhr. Monsieur Stan ist schon weg.«

Sein Kopf war leer, sein Körper schlapp. Drunten zwang er sich, Louise ins Gesicht zu sehen, und sie fragte nur:

»Sie haben sich doch hoffentlich nicht bei mir angesteckt?«

Als er gerade fertig gegessen hatte, kam Mikhail zum Frühstück, nach Eau de Cologne duftend und mit einer Spur Talkumpuder am Ohrläppchen. Er sagte dem jungen Mädchen beiläufig guten Morgen, ohne ihr einen besonderen Blick zu schenken, und eine halbe Stunde später hörte man ihn muntern Schritts auf der Straße davongehen.

Wie die Hauswirtin angekündigt hatte, schneite es in

dicken Flocken, die durch die Luft wirbelten und auf den Dächern allmählich eine weiße Schicht bildeten, auf dem grauen Straßenpflaster aber noch schmolzen.

Zehnmal am Vormittag, während er kaum zwei Meter von dem jungen Mädchen entfernt arbeitete, dachte er: »Ich bringe ihn um.«

Er glaubte nicht daran. Es war eher so, wie wenn Madame Lange ihr »Jesus, Maria und Joseph« vor sich hin murmelte.

Sie dachte dabei bestimmt nicht an Christus, an die Jungfrau und den heiligen Joseph.

Von oben rief eine Stimme:

»Nehmen Sie bitte zwei Kilo Kartoffeln und einen Bund Karotten, Monsieur Elie!«

Er hielt sich an das Ritual, aber er tat es ganz mechanisch, als glaube er nicht mehr daran.

»Sind Sie böse auf mich?«

Er blickte Louise verwirrt an und wußte nicht, was er darauf sagen sollte. Er hatte nicht gemerkt, daß er seit heute morgen kein Wort mit ihr gesprochen hatte.

»Nein.«

»Ich dachte.«

Wieder einmal wurde er glutrot, und seine Ohren brannten. Denn genau in dem Augenblick, als er in ihr blasses, ruhiges Gesicht sah, fragte er sich, ob heute nachmittag das gleiche passieren würde wie tags zuvor, und das war der wahre Grund für seine Verwirrung.

Ahnte sie, was in ihm vorging? War sie wie ihre Mutter, die die Gabe besaß, Gedanken zu lesen, für die man sich schämte und die man vor sich selbst verbarg?

Nach dem Mittagessen ging er in die Bibliothek. Der

Schnee blieb jetzt schon an den Sohlen haften, und die Straßenbahnschienen hoben sich tintenschwarz von der weißen Straße ab.

Um halb fünf stand er auf, brachte dem Bibliothekar die Bücher zurück, ging in Richtung Fluß, den er zur gleichen Zeit überquerte wie am Tag zuvor.

Als er an der Kirche vorbeikam, hörte er wieder die Stimmen der Gläubigen. Und als er sich dem Haus näherte, ging er lautloser denn je, steckte behutsam den Schlüssel ins Schlüsselloch.

Er hatte den rötlichen Lichtstreifen zwischen den Vorhängen gesehen. Er hob den Kopf und sah, daß die Fenster von Lolas Zimmer dunkel waren. Im Flur blieb er einen Augenblick stehen, um seinen Hut und den feuchten Mantel abzulegen, und als er gleich darauf ins Eßzimmer trat, verspürte er eine gewisse Erleichterung, nicht weil Louise da gewesen wäre, sondern weil sie nicht da war.

Er mußte wahrhaftig wie ein Dieb aussehen. Er war auch einer, denn er handelte ganz bewußt. Dennoch trat er dicht an die Tür und spähte durch das Schlüsselloch, ohne sich vorher die Zeit zu nehmen, zu horchen.

Wahrscheinlich weil es etwas früher als gestern war, sah er eine andere Szene, und die Bilder waren so deutlich, jedes Detail so scharf, als blicke er durch eine Lupe.

Auch am nächsten und übernächsten Tag fand er sich zur selben Zeit am selben Platz ein, und wenn er mit den anderen bei Tisch saß, wirkte er zerstreut, war ihm bewußt, daß seine Stimme anders klang, daß sein

Blick ängstlich über die Gesichter huschte und daß alle es merkten.

Mikhail wagte er gar nicht mehr anzusehen, wegen dessen Lächeln. Während Louise sich so verhielt wie immer, den Blick nicht abwandte, wenn sie dem von Elias begegnete, und niemand ihrem Gesicht irgend etwas hätte anmerken können, lag auf den Lippen des Rumänen ein feines, spöttisches Lächeln.

Nach dem dritten Mal war Elias fest davon überzeugt, daß Mikhail wußte, daß er durch das Schlüsselloch schaute, und fragte sich, ob er nicht von Louise bestimmte Dinge nur deshalb verlangte, um seinen Spaß mit ihm zu treiben.

»Allmählich glaube ich, daß Sie wirklich krank sind, Monsieur Elie. An Ihrer Stelle würde ich zum Arzt gehen.«

»Nein, Madame.«

»Schauen Sie bloß mal in den Spiegel. Messen Sie heute abend Ihre Temperatur, bevor Sie hinaufgehen!«

Das war ein Tick von ihr. In der Suppenschüssel des guten Geschirrs, des Hochzeitsservices, das nicht benutzt wurde, in der sie allerhand Kleinkram, Knöpfe, Schrauben und die Stromrechnung aufbewahrte, hatte sie ein Fieberthermometer.

Jeden Morgen, wenn Louise herunterkam, steckte sie ihr als allererstes das Thermometer in den Mund, überwachte sie aus den Augenwinkeln und paßte auf, daß sie nicht sprach.

»38,6.«

Man hatte keinen Arzt geholt, denn bei dem jungen Mädchen war es alljährlich das gleiche. Ihre Mutter bereitete ihr leichte Mahlzeiten zu, hauptsächlich Eier mit Milch, und neben ihrem Sessel stand den ganzen Tag ein Krug mit Limonade.

Zweimal täglich pinselte sie Louises Hals mit Jodtinktur aus.

»Ich bin sicher, daß Sie höhere Temperatur als Louise haben. Sie sind nur zu stolz, um...«

Immer und immer wieder dieses Wort, das so dumm war, daß er die Fäuste ballte!

»Wenn ich Ihre Mutter wäre...«

Das war sie nicht. Sie war die Mutter von Louise und bemerkte nicht einmal Mikhails Lächeln, das von morgens bis abends Zufriedenheit ausdrückte. Elias wußte sich dieses Lächeln nicht zu erklären. Für ihn war es mit nichts anderem zu vergleichen als mit dem Lächeln eines Zauberkünstlers, der vor einem gebannt zusehenden Publikum gerade ein erstaunliches Zauberstück vollbracht hat.

Wandte er sich dabei nicht deshalb hauptsächlich an Elias, weil er wußte, daß nur dieser es richtig einzuschätzen vermochte?

Wie ein Jongleur warf er alle Bälle in die Luft, und sie kehrten folgsam in seine Hand zurück. Keiner merkte, worum es ging. Es war schon komisch.

Das Leben war amüsant. Da saßen sie alle um den Tisch herum, unter der Lampe, die gleichmäßig auf alle Köpfe schien, plauderten über belanglose Dinge, und jeder, außer Mikhail, aß, was er in seiner Blechdose hatte. Madame Lange, die fünfundvierzig und Witwe war und alles zu wissen meinte, behandelte sie wie Kinder und gab ihnen gute Ratschläge. Dabei hatte sie keine Ahnung, daß hinter der Tür, die jetzt halb offenstand, auf dem Bett, das man sehen konnte, wenn man den Kopf ein wenig zur Seite neigte, ihre Tochter noch vor einer Stunde die gleiche Stellung eingenommen und die gleichen Bewegungen gemacht hatte wie die Frauenspersonen, die ihr ein solcher Greuel waren.

Nach dem Essen hatte Mikhail wieder einmal das Bedürfnis auszugehen. Um Mitternacht kam er nach Hause. Er mußte getrunken haben, denn er hatte Mühe, den Schlüssel ins Schlüsselloch zu stecken.

Morgens schlief er sich aus, genoß es, im Bett vor sich hin zu dösen, während die Hauswirtin das Feuer in seinem Ofen anfachte.

»Es ist ein Brief von Ihrer Mutter gekommen, Monsieur Michel.«

Er las ihn noch im Bett und rauchte dabei seine erste Zigarette. Er rauchte helle Zigaretten, die er von zu Hause geschickt bekam. Er bekam auch alle möglichen Leckereien. Alle trugen das ihre dazu bei, ihm das Leben zu einem unbeschwerten Spiel zu machen.

Seine Augen suchten nicht nach Louise, wenn er ins Eßzimmer trat, denn er wußte, daß sie da war und daß sie ihm gehörte. Er brauchte nachher nur die Tür einen Spalt zu öffnen, dann würde sie auf ein Zeichen hin gehorsam und freudig aufstehen und zu ihm gehen, zu allem bereit, was er von ihr verlangte.

»Fühlen Sie sich nicht wohl?« fragte ihn an diesem Tag sein Doktorvater.

Nun mußte der auch noch damit anfangen. Die gleiche Frage! Der gleiche besorgte Blick, der vielleicht weniger seinem physischen Zustand als etwas anderem galt, das sie alle in ihm spürten, ohne es in Worte fassen zu können.

»Ich bin nicht krank.«

»Haben Sie kein Fieber?«

Wieder schoß es ihm durch den Kopf: *Ich bringe ihn um!«*

Und jetzt fragte er sich allmählich, ob es nicht eines Tages wirklich dazu kommen würde.

Aus keinem bestimmten Grund. Nur so. Weil...

Er mußte unbedingt um halb fünf gehen.

5

Der Sonntagnachmittag und der Montagabend

Erst nach dem, was sich am Sonntag nachmittag ereignete, blitzte in Elias der Gedanke an Bestrafung auf, wurde bald übermächtig und verdrängte alle anderen Gedanken, die während der letzten Tage in ihm rumort hatten. Damit wurde alles plötzlich klar und einfach, war es sozusagen nur noch eine Frage der Gerechtigkeit.

Nach dem Mittagessen war Madame Lange in ihre Mansarde hinaufgegangen und hatte sich eine Stunde lang schön gemacht, wie immer, wenn sie am Sonntag nachmittag zu ihrer Schwester fuhr, die am anderen Ende der Stadt, in der Straße, die zum Friedhof führte, eine Konditorei besaß. Als sie herunterkam, trug sie ihr bestes Kleid, die Schuhe, die immer drückten, und hatte sich diskret parfümiert.

»Gehen Sie nicht aus, Monsieur Elie?«

»Sie wissen doch, daß ich nur ausgehe, wenn es unbedingt nötig ist.«

»Ist Monsieur Michel in seinem Zimmer?«

»Ich habe ihn nicht weggehen hören.«

»Würde es Ihnen etwas ausmachen, gegen halb sechs die Suppe aufzusetzen?«

Louise war noch nicht wieder gesund. Selbst wenn es ihr gutging, begleitete sie ihre Mutter nur ungern zur

Tante, wo sich die zwei Schwestern in einem fort gegenseitig ihr Leid klagten.

Das Wetter war düster und trübselig, die Stadt still und ruhig, jedes noch so leise Geräusch klang lauter als während der Woche, und Madame Langes Schritte waren zu hören, bis sie um die Ecke bog, wo sich die Straßenbahnhaltestelle befand.

Lola war ins Kino gegangen. Stan Malewitz war vermutlich wie jeden Sonntag in seinem polnischen Studentenclub, der sich in der Stadt über einem Bierlokal befand und wo er Schach spielte.

Elias, der sich mit seinen Büchern ins Eßzimmer gesetzt hatte, wußte, daß Mikhail nicht ausgegangen war. Auch Louise, die den Kopf über ein Buch gebeugt hielt, dessen Seiten sie nicht umblätterte, wußte es und harrte reglos und geduldig aus, während die Minuten langsam verstrichen und durch die Tür das Ticken der Küchenuhr zu hören war.

Hin und wieder jedoch sah sie den Polen still und versonnen an, als versuche sie zu begreifen, die Antwort auf eine Frage zu finden, und unter diesem Blick, den er auf sich ruhen spürte, wurde ihm unbehaglich.

Er hatte sich fest vorgenommen zu bleiben, und eine halbe Stunde lang hielt er durch, ohne sich auf seine Arbeit konzentrieren zu können. Das Haus war so still, so bedrückend, er und Louise und die Gegenstände so unbewegt, daß die Atmosphäre sich wie ein Alptraum auf ihn legte; auch Mikhail jenseits der Tür regte sich nicht, und Elias fragte sich beklommen, was er tun sollte.

Nirgends war Leben, nirgends ein Geräusch zu hören, weder draußen auf der Straße noch im Haus, und ohne die Straßenbahn, die sonntags nur in sehr großen Abständen fuhr, war die Welt wie ausgestorben.

Er bewegte sich als erster, und es mußte wie eine Flucht wirken. Er sprang auf, starrte einen Augenblick auf seine Bücher, unentschlossen, ob er sie mit nach oben nehmen sollte, eilte wortlos zur Tür und in sein Zimmer hinauf, wo er nichts zu tun hatte, wo er sich ans Fenster stellte und auf den Hof und die Hinterfront der Häuser hinausstarrte.

Seit einer Woche lebte er ohne jeden Anhaltspunkt, ohne festen Boden unter den Füßen, alles um ihn herum war ins Wanken geraten. Nicht einmal das »Ich bringe ihn um!«, das er im Geist den ganzen Tag, vor allem aber abends im Bett vor sich hin sagte, hatte noch einen Sinn.

Er spitzte die Ohren. Er war noch keine fünf Minuten in seinem Zimmer, da hörte er drunten ein leises Knacken und andere Geräusche, die zu schwach waren, als daß er sie hätte deuten können.

Er mußte sich beherrschen, um nicht hinunterzugehen. Auch gestern hatte er sich schier unter Qualen gezwungen, bis halb sechs unter der Lampe in der Bibliothek sitzen zu bleiben, dann war er doch weggelaufen.

Diesmal hielt er es mehrere Minuten lang aus, zehn vielleicht, er wußte es nicht genau, er hatte ja weder eine Uhr noch einen Wecker, und als er sich in Bewegung setzte, stieß er einen Seufzer aus, der sich wie ein Wehklagen anhörte.

Ausgeschlossen, daß man ihn nicht die Treppe herunterkommen hörte, von der mindestens eine Stufe knarrte. Er tat auch gar nichts, um zu verhindern, daß man ihn hörte, und betrat das Eßzimmer. Es war leer, Louises Sessel nicht besetzt. Elias' Anwesenheit hatte sie von nichts abgehalten.

Er wollte widerstehen, aber wie an den vorangegangenen Tagen schlich er schließlich doch zur Verbindungstür. Es war das erste Mal, daß es am hellen Tag geschah. Er beugte sich hinab, kniete sich mit einem Bein auf den Boden, sein Auge fand das Schlüsselloch und sah das Zimmer, das mit offenen Vorhängen ganz verändert aussah.

Mikhail, der sich außerhalb seines Blickfelds befand, sah er nicht gleich, Louise jedoch stand genau vor ihm, zwischen den zwei Fenstern, schon fast ganz ausgezogen. Sie ließ die weiße Unterwäsche von ihrem Leib gleiten, hob sie dann auf, um sie auf einen Stuhl zu legen.

Er hatte sie noch nie völlig nackt gesehen, mit ihren eckigen Schultern, der vortretenden Wirbelsäule und den dünnen Kleinmädchenschenkeln. Sie schämte sich, vor allem ihrer Brüste, die sie eine Zeitlang mit den Händen verdeckte, während der Rumäne unsichtbar blieb.

Erst als er das Klicken des Fotoapparats hörte, ging Elias ein Licht auf.

Es war also vorher ausgemacht gewesen. Als Louise ins Zimmer trat, stand der Fotoapparat auf seinem Stativ schon bereit. Jetzt rückte Mikhail ihn an eine andere Stelle, schob das junge Mädchen ans Fenster, so daß das Licht von der Straße her auf sie fiel. Er trug eine Flanellhose, sein Oberkörper war nackt, krause schwarze Haare bedeckten seine Brust.

Bevor er das nächste Foto knipste, reichte er Louise

eine angezündete Zigarette, die sie unbeholfen rauchte, sagte etwas zu ihr, das Elias nicht verstand und das ihr ein Lächeln entlockte.

Innerhalb einer halben Stunde verbrauchte er zwei Filmrollen, und sie nahm gehorsam die Posen ein, die er ihr zeigte. Ab und zu bot er ihr ein Stück türkischen Honig an. Bevor er sie auf dem Bett fotografierte, ging er zweimal zu ihr, um ihr linkes Bein noch weiter abzuspreizen, und lächelte ihr aufmunternd zu.

Als er zum letzten Mal in Elias' Blickfeld trat, war er ebenfalls nackt und legte sich übergangslos auf sie.

Im selben Augenblick drehte er sich mit spöttischem Gesicht zur Tür um und flüsterte Louise etwas ins Ohr.

Unwillkürlich blickte auch sie zur Tür, wandte das Gesicht sofort wieder ab und vermied es fortan, sich zur Tür zu drehen.

Sie wußten beide, daß er da war. Elias war sich jetzt ganz sicher, daß Mikhail es vom ersten Tag an wußte. Er hatte Madame Langes Tochter absichtlich bestimmte Stellungen einnehmen lassen, um vor ihm zu prahlen oder sein Spiel mit ihm zu treiben.

Wegen des Fensters gegenüber der Tür mußte Elias' Kopf einen Schatten jenseits des Schlüssellochs werfen, an der Stelle, wo sonst ein heller Fleck hätte sein müssen.

Das reizte den Rumänen zum Lachen. Er lachte immer noch, klammerte sich an den Körper von Louise, die den Kopf von der Tür abgewandt hielt.

Und da, während er den beiden zusah, kam Elias der Gedanke, der für ihn wie eine Offenbarung war: »Er muß bestraft werden.«

Nunmehr *war* es eine Frage der Gerechtigkeit. Noch hätte er sich nicht klar auszudrücken vermocht, aber in ihm kochte es vor Empörung. Die gleiche Empörung war es auch gewesen, die ihn schon tagelang umtrieb, ohne daß er sie hätte deuten können.

Es war wie mit einem Furunkel. Zuerst ist eine gewisse Hautpartie gereizt, bis sich der Schmerz auf einen Punkt konzentriert und eine kleine, harte Stelle entsteht.

»Er muß bestraft werden.«

Bestrafen war das treffende Wort. Man konnte nicht zulassen, daß Mikhail unbegrenzt Straffreiheit genoß. Das Glück, das er zur Schau stellte und von dem er wirklich erfüllt war, das ihn bis in die letzten Fasern seines Wesens durchdrang, hatte etwas Schamloses und Skandalöses.

Elias hatte noch nie einen vollkommen glücklichen, einen rundum und immerzu, jeden Augenblick des Tages glücklichen Menschen gesehen, der in aller Unschuld alle und alles um sich herum dazu benutzte, sein Vergnügen noch zu steigern.

Mikhail hatte heute und an den vorangegangenen Tagen nicht nur Louise, sondern auch Elias benutzt. Auch jetzt redete er wieder leise über ihn, während er nackt und unzüchtig am Bett stand und nachlässig mit den kleinen Brüsten des jungen Mädchens spielte.

Zwei-, dreimal drehte er sich zur Tür um, und es sah fast so aus, als würde er am liebsten mit Elias sprechen, ihn vielleicht gar hereinrufen. Einmal war er nahe daran, die Tür zu öffnen. Er machte lachend einen Schritt darauf zu, und Louises Stimme rief flehend:

»Nein, Michel! Tu's nicht!«

Was hätte er wohl getan, wenn sie ihn nicht aufgehalten hätte? Noch gab er sich nicht geschlagen, sagte einen der wenigen französischen Sätze, die er gelernt hatte:

»Warum nicht?«

Und sie, den Tränen nahe:

»Bitte nicht!«

Sie hatte es eilig, sich anzuziehen. Ohne ihr Gesicht der Eßzimmertür zuzuwenden, glitt sie vom Bett, ging zu dem Stuhl, auf dem ihre Kleider lagen. Mikhail hielt sie fest. Sie sträubte sich, aber ohne Kraft, und was dann geschah, geschah nur, weil Elias hinter der Tür stand. Immer wieder schüttelte Louise verneinend den Kopf, entsetzt über das, was von ihr verlangt wurde, doch Mikhail kümmerte sich nicht darum, flüsterte ihr immer noch lachend etwas ins Ohr.

Was hätte er wohl zu Elias gesagt, wenn sie ihn nicht daran gehindert hätte, die Tür zu öffnen?

Aus Angst, Mikhail könnte auf seine Idee zurückkommen, wagte Elias nicht, noch länger zu warten. Er war überzeugt, das Problem auf den Punkt gebracht zu haben, und jetzt war alles entschieden.

Man hatte ihm das Nest geplündert. Man hatte es fertiggebracht, ihm, der nichts besaß, etwas zu stehlen. Für ihn war es unmöglich geworden, weiter in diesem Haus zu leben. Und wegen dieses Lachens vorhin war es ihm vielleicht sogar unmöglich, mit sich selbst weiterzuleben.

Ein solches Verbrechen durfte nicht ungesühnt bleiben. Noch am Abend zuvor, als er, ohne wirklich daran zu glauben, an Mord dachte, hatte er nicht gewußt, warum er es tun wollte, und sich eingebildet, daß es ihm um Louise ging.

Es ging um ihn selbst. Das wußte er nun. Er brauchte gar keinen Haß, er brauchte nur Gerechtigkeitssinn. Griff er, Elias, nicht ein, dann würde Mikhail weiter glücklich sein, und wenn so etwas möglich war, dann hatte die Welt keinen Sinn mehr, dann war ein Leben wie das von Elias eine Monstrosität.

Aber nicht er war das Monstrum, sondern der andere, der sie alle bestahl und sich obendrein ihre Sympathie erschmeichelte.

Jetzt konnte Elias es in aller Gelassenheit sagen: »Ich bringe ihn um!«

Denn er würde es tun. Er faßte diesen Entschluß auf der Treppe, genau auf halbem Weg zum Zwischengeschoß, als hinter ihm die Tür des granatroten Zimmers ein Stück geöffnet wurde. Er drehte sich nicht um. Er wußte, daß Mikhail splitternackt und frech zusah, wie er den Rückzug antrat.

»Ich bringe ihn um!«

Und als er in seinem Zimmer war, fügte er hinzu: »Morgen.«

Danach würde er vielleicht wieder eine gewisse Selbstachtung finden, und wenn nicht, hatte er sich wenigstens gerächt.

Nur ein Mensch auf der ganzen Welt würde wissen, was er getan hatte: Louise. Würde sie es verstehen?

Es war unwichtig. Nichts war mehr wichtig, denn sein Entschluß stand fest. Er fühlte sich schon weniger elend.

Statt über Gut und Böse, über die, die alles haben, und die, die nichts haben, zu grübeln, hatte er jetzt an ganz konkrete Dinge zu denken, an das, was er tun würde, wenn es soweit war, nicht mehr heute abend, denn heute war Sonntag, und am Sonntag abend ging Mikhail selten aus, höchstwahrscheinlich aber morgen.

Im granatroten Zimmer wunderten sie sich vermutlich, als sie ihn wieder herunterkommen, vor dem Garderobenständer aus Bambus stehenbleiben und die Haustür ins Schloß fallen hörten. Er blickte nicht zum Fenster zurück, um zu sehen, ob sie hinter dem Vorhang standen und ihm nachschauten.

Vielleicht fürchtete Louise, er würde ihrer Mutter etwas sagen? Sicher war ihr gar nicht klar, daß sie ihm nichts mehr bedeutete, daß es mit ihrer kleinen Geschichte aus und vorbei war, daß die Rechnung, die Elias zu begleichen hatte, nichts mehr mit ihr zu tun hatte.

Es ging nur noch darum, wer der Überlegene war, er oder Mikhail.

Und während Elias durch die Straßen lief, in denen nur wenige Passanten zu sehen waren und die Dämmerung sich immer mehr verdichtete, verlor auch Mikhail als Person nach und nach an Bedeutung.

Worauf es ankam, das waren Elias und die anderen, Elias und die Welt, Elias und das Schicksal. Auf der einen Seite stand er, mit seinen roten Haaren und seinem Krötengesicht, seinen zwei Eiern täglich, seiner blau emaillierten Teekanne und seinem Mantel, nach dem sich die Kinder auf der Straße umdrehten, er, Elias, der sich jahrelang gefragt hatte, ob es wohl irgendwo einen Platz für ihn gab, und sich, als er endlich einen gefunden zu haben glaubte, ausgestoßen sah. Auf der anderen Seite stand alles andere, verkörpert von Mikhail.

Elias haßte ihn nicht. Er hatte es nicht mehr nötig, ihn zu hassen. Der Rumäne konnte möglicherweise gar nichts dafür. Er konnte bestimmt nichts dafür, aber Elias konnte auch nichts dafür.

Er mußte seine Haut retten. Gerechtigkeit mußte sein.

Als er nach Hause zurückkam, war es längst dunkel, und er war überrascht, als er Madame Lange in ihren Sonntagskleidern, den Hut noch auf dem Kopf, hastig in der Küche Feuer machen sah.

»Wo sind Sie nur gewesen, Monsieur Elie?« fragte sie tadelnd, als ob er ihr Rechenschaft schuldig wäre.

»Spazieren.«

Das Wort klang aus seinem Mund so erstaunlich, es sah ihm so wenig ähnlich, sich ohne Not in die Kälte hinauszubegeben, daß sie nicht wußte, was sie darauf sagen sollte, und ihn eine Zeitlang nur anstarrte.

»Sie haben das Feuer ausgehen lassen«, bruddelte sie schließlich, »und an meine Suppe haben Sie auch nicht gedacht. Und meine Tochter ist nicht einmal auf die Idee gekommen, einen Blick in die Küche zu werfen. Wenn sie in einen Roman vertieft ist...«

Elias' Bücher und Hefte lagen noch auf dem Eßzimmertisch ausgebreitet, und Louise, die wieder auf ihrem Platz im Sessel saß, mied seinen Blick, ohne zu merken, daß er sich bemühte, dem ihren auszuweichen.

Sie tat ihm jetzt leid, und wenn er daran dachte, was

Mikhail mit ihrem allzu weißen Körper gemacht hatte, empfand er sogar so etwas wie Ekel.

War es möglich, daß noch vor wenigen Tagen ihre bloße Anwesenheit in einem Zimmer ihn in einen Zustand stillen Wohlbehagens versetzt hatte und daß es ihm ganz natürlich erschienen war, sein Leben in ihrer Nähe zu verbringen?

Die Wärme, die Helligkeit im Eßzimmer waren nicht mehr das, was sie einmal gewesen waren, und beim Abendessen kam ihm Madame Lange wie eine Fremde vor, die ihn ohne plausiblen Grund freundlich behandelte.

»Erzählen Sie uns doch, was Sie Schönes gemacht haben, Monsieur Elie.«

Bis auf Stan, der vermutlich in seinem Club aß, war die Hausgemeinschaft vollständig versammelt.

Mikhail war weniger fröhlich als am Nachmittag, und nachdem er Elias mehrmals ein unerwidert gebliebenes Lächeln geschenkt hatte, beobachtete er ihn nun mit einer gewissen Besorgnis. Nein, nicht eigentlich Besorgnis, denn er war gar nicht imstande, besorgt zu sein. Eher eine Art Verstimmung, Hilflosigkeit. Elias reagierte nicht so, wie er es gern gehabt hätte. Anstatt mitzuspielen, rot übergossen und verlegen dazusitzen wie an den Abenden zuvor und nicht zu wissen, wohin er blicken sollte, wirkte er plötzlich so sicher, und sein Blick war fest und kalt.

»Ich bin spazierengegangen, Madame, ich habe es Ihnen doch schon gesagt.«

»Ganz allein?«

»Ja, Madame.«

»Ist das wirklich wahr?«

»Ob Sie mir glauben oder nicht, ist mir egal.«

»Es ist bestimmt das erste Mal in Ihrem Leben, daß Sie ausgehen, wenn es nicht unbedingt sein muß. Sie sind doch nicht etwa verliebt?«

»Nein, Madame.«

»Glauben Sie das, Mademoiselle Lola?«

»Ich kümmere mich nicht um das, was die anderen machen. Ich habe mit mir selber genug zu tun.«

Drei Jahre hatte er sich an solchen Unterhaltungen beteiligt, ohne daß es ihn angewidert hätte. Damit war es vorbei. Er gehörte nicht mehr zu diesem Haus. Es war beinahe, als ob es nicht mehr existierte. Auch das Haus in Wilna hatte, nachdem er von dort weggegangen war, mit einem Mal aufgehört, wirklich zu sein, und es fiel ihm schwer zu glauben, daß sich die Pension in Bonn, in der er ein Jahr wohnte, nicht aufgelöst hatte.

Keiner am Tisch ahnte etwas. Wenn Louise ab und zu das Gesicht verzog, dann vermutlich beim Gedanken, sie könne schwanger sein, wenn es nicht ganz einfach daran lag, daß ihr geschundener Leib sie schmerzte.

Und Mikhail, der sich für lebendig hielt, war schon so gut wie tot. Was er dachte, zählte nicht mehr. Das Rad lief leer. Es war auch ganz unwichtig, was aus den anderen und aus Elias selbst wurde.

»Finden Sie nicht auch, Monsieur Elie?«

»Was, Madame?«

»Sie haben wohl gar nicht zugehört? Ich habe gerade über die Gesundheit gesprochen. Monsieur Michel ist bestimmt nicht schwach auf der Brust.«

Mit gleichgültiger Miene wandte Elias sich zu dem Rumänen.

»Ich wette, Sie haben nie eine Bronchitis gehabt, vielleicht noch nicht mal einen Schnupfen, stimmt's?« schwatzte sie weiter.

Und zu Elias:

»Übersetzen Sie.«

Er tat es, Wort für Wort, klar und deutlich wie ein Richter, der dem Verurteilten seinen Urteilsspruch vorliest.

»Was hat er gesagt?«

»Daß er noch nie krank gewesen ist.«

»Dachte ich mir's doch. Manche Leute haben wirklich Glück!«

Eben! Genau hier wollte Elias Ordnung schaffen und er wußte auch, wie, er hatte einen Plan im Kopf, den er mitten unter den andern weiter ausarbeitete, während er zuhörte, was sie sagten, und Antwort gab, wenn es nötig war.

Die Waffe befand sich hier im Zimmer, in der linken Buffetschublade, in der Madame Lange die Sachen aufbewahrte, die ihrem Mann gehört hatten: ein Taschenmesser, zerbrochene Pfeifen, ein Paar Sporen, einen Revolver und eine Schachtel Patronen. Genausowenig wie die anderen Möbel im Haus ließ sich auch diese Schublade abschließen, und während um ihn herum weiter gegessen wurde, starrte Elias immer wieder mit einem wohligen Gefühl auf diese Schublade.

Bald war es soweit. Er wunderte sich, wie er so lange hatte warten können, wie er dermaßen blind gewesen sein konnte, eine so offenkundige Wahrheit nicht zu erkennen.

Straffreiheit zu gewähren war der große Fehler, denn so entsteht ein falsches Bild, und die Unschuldigen halten sich für die Schuldigen, machen sich im Grunde schuldig, und zwar aus Schwäche.

Acht Tage lang war er sich wie ein Dieb vorgekommen, jedesmal, wenn er an der Tür kniete, um zuzuschauen, wie Mikhail sich in zynischer Weise sein Vergnügen verschaffte und ihn dabei noch die ganze Zeit foppte.

»Woran denken Sie, Monsieur Elie?«

»Ich?«

Alle brachen in Gelächter aus, so weit weg schien er mit seinen Gedanken gewesen zu sein.

»Sie sahen richtig verwegen aus. Man hätte meinen können, Sie bereiten sich auf einen Kampf vor.«

Das brachte erneut alle zum Lachen.

»Nehmen Sie es mir nicht übel! Ich necke Sie nur, ich wollte Ihnen nicht weh tun.«

Da erklärte er, mit dem Gefühl, etwas Endgültiges zu sagen:

»Mir kann niemand weh tun.«

Wer weiß, ob er nicht, wäre er zum Weinen fähig gewesen, genau in diesem Augenblick in Tränen ausgebrochen wäre und ob dann nicht vielleicht alles anders gekommen wäre?

Aber er konnte nicht weinen. Wer plötzlich die Nerven verlor und zu weinen begann, war Louise, die sich die Hände vors Gesicht schlug und in die Küche flüchtete.

Am nächsten Morgen, im Zwielicht seines Zimmers, erschienen ihm die Dinge nicht mehr ganz so klar wie am Abend zuvor, aber da alles entschieden war, ließ er sich davon nicht beunruhigen.

Er hatte gehört, wie Madame Lange aufgestanden und zur Sechs-Uhr-Messe gegangen war. Genau wie er es sich vorgenommen hatte, war er ein paar Minuten später aufgestanden, denn dies war die einzige Tageszeit, wo er sicher sein konnte, daß niemand im Eßzimmer war.

Er schlüpfte nicht in seine Pantoffeln, zog sich nur den Mantel über den Schlafanzug. Einen Morgenrock hatte er nie besessen. Er brauchte kein Licht zu machen, tastete sich vorwärts, ohne eine falsche Bewegung zu machen; lautlos zog er die Schublade auf, nahm den Revolver und die Patronen heraus und ging wieder nach oben.

Wegen der Kälte legte er sich noch einmal ins Bett, behielt aber die Augen offen. Wenn einige Details auch noch nicht ganz durchdacht waren, durfte er jetzt auf keinen Fall das Ganze wieder in Frage stellen.

Über die Details nachzudenken half ihm. Es verhinderte, daß er sich von der Welt deprimieren ließ, die ihm heute morgen wie eine große Leere vorkam, in der er sich ganz allein abkämpfte, ohne zu wissen, wofür er kämpfte.

»Wozu das alles«, dachte er denn auch immer wieder, während Madame Lange, die von der Messe zurück war, ihr Feuer anfachte und der vertraute Geruch von Petroleum und brennendem Holz unter der Tür hindurch in sein Zimmer drang.

Wenn er jetzt alles wieder in Frage stellte, dann würde es morgen, übermorgen oder nächstes Jahr von vorne anfangen!

Deswegen bemühte er sich, an die Einzelheiten seines Plans zu denken. Sein erster Gedanke war, so zu tun, als reise er noch an diesem Morgen ab. Eine Erklärung für seine plötzliche Abreise konnte er erfinden. Er könnte zum Beispiel, wenn Madame Lange die Zimmer machte, die Haustür öffnen und einen Augenblick auf der Schwelle stehenbleiben, während sie gerade in Stans Zimmer, im rückwärtigen Teil des Hauses, saubermachte.

Dann würde er zu ihr hinauflaufen und verkünden: »Ich muß sofort nach Hause fahren. Ich habe gerade ein Telegramm bekommen. Mein Vater liegt im Sterben.«

Er brauchte nicht einmal ein Telegramm in der Hand zu haben. Es würde genügen, so zu tun, als habe er es in seine Hosentasche gestopft. Wenn man von Sterbenden oder Toten spricht, wagen die Leute keine Fragen zu stellen und erst recht nicht, Mißtrauen zu zeigen. Es würde ihn zu allem berechtigen.

Er würde seine Koffer packen, und sie würde ihm dabei helfen. Es gab keinen Grund, warum sie den Mantel anrühren sollte, in dessen Tasche sich der Revolver befand.

Mit der Straßenbahn würde er zum Bahnhof fahren, seinen Koffer bei der Gepäckaufbewahrung lassen und irgendwo, wo keine Gefahr bestand, Leuten zu begegnen, die er kannte, den Abend abwarten.

Wirklich abreisen würde er erst mit dem Nachtzug, der um elf Uhr fünfundvierzig durch Lüttich kam. Er würde eine Fahrkarte nach Berlin lösen, in Köln aussteigen, wo er Anschluß nach Hamburg bekäme. Von Hamburg hatte er schon oft geträumt, weil es eine große Hafenstadt war und er noch nie einen Hafen gesehen hatte. Er hatte noch nicht einmal das Meer gesehen.

Er aß wie jeden Morgen seine Eier, vergaß dabei ganz, auf Louise zu achten, und dachte nicht daran, daß Mikhail, wie immer um diese Zeit, noch in seinem Zimmer schlief.

Seine Idee war nicht gut, das wurde ihm wenig später klar, als er im Eßzimmer saß und arbeitete. Es war besser, wenn die Sache mit dem Telegramm nicht vorher, sondern danach kam. Erstens, weil es abends einfacher war. Zweitens, weil es nicht ganz sicher war, daß Mikhail am Abend ausgehen würde.

Er überlegte noch vieles mehr. Nachmittags ging er in die Bibliothek und behielt seinen Mantel um die Schultern, weil der Revolver in der Tasche war und er nicht wagte, ihn in der Garderobe zu lassen.

Die Stunden vergingen, doch selbst als es dunkel wurde, stellte sich trotz der Wärme, die ihn einhüllte, seine Erregung nicht wieder ein, und es kam ihm vor, als sei er noch nie im Leben so ruhig gewesen.

Nur als er um halb fünf auf die Bibliotheksuhr sah, befiel ihn ein leises Unbehagen. Es war die Zeit, zu der er an den Tagen zuvor wohl oder übel aufgestanden war, um nach Hause zu gehen und durch das Schlüsselloch zu spähen, und es reizte ihn, dies ein letztes Mal zu tun. Sonderbarerweise schmerzte ihn der Gedanke, daß sie dort in dem Zimmer zusammenwaren und er nicht da war, um ihnen zuzusehen.

Es war keine Eifersucht. Er wollte nicht eifersüchtig sein. Seit gestern war alles klar, und er verwehrte es sich, seine Gedanken noch einmal in Frage zu stellen.

Es war einfach ein schwieriger Moment, den es hinter sich zu bringen galt. Er beobachtete das Vorrücken der Zeiger auf dem Zifferblatt und malte sich aus, wie Madame Lange ihren Herd nachschürte und die Luftklappe regulierte, bevor sie wegging, wie sie dann die Häuser entlangtrippelte und in die von den Gebeten erfüllte große Kirche trat.

Er sah Louise vor sich, die wie auf ein Signal aufstand, zur Verbindungstür ging und sich dann mit einem Gesicht, als dächte sie an nichts, auf die Bettkante setzte.

Um halb sechs verflog sein Unbehagen, denn nun war es vorbei, Madame Lange war zurück, und es wurde Zeit für ihn, sich auf den Weg zu machen. Er kam an der Stelle vorbei, die er ausgewählt hatte, dem Bretterzaun an dem unbebauten Gelände, nicht wegen der Erinnerung, die dieser Ort in ihm wachrief, nicht aus irgendeiner Sentimentalität heraus, die alles verdorben hätte, sondern weil dies wirklich eine Art strategischer Punkt war.

Denn erstens war es an dieser Ecke fast immer menschenleer. Zweitens begann weniger als zwanzig Meter dahinter ein Netz enger Gassen, in denen er leicht untertauchen konnte, ohne befürchten zu müssen, daß er verfolgt wurde.

Sein erster Gedanke war gewesen, in der Mitte der Brücke, die alle Untermieter auf dem Weg in die Stadt und zurück nahmen, auf Mikhail zu warten, denn nach einer bestimmten Uhrzeit kam dort kaum noch jemand vorbei. Dann war ihm eingefallen, daß Wasser den Schall gut trägt und der Schuß hier lauter knallen würde als anderswo und womöglich an beiden Enden der Brücke zu hören sein würde.

Schade darum. Es war neblig. Er mußte jegliche Romantik vermeiden. Auf keinen Fall durfte es nach einem Eifersuchtsdrama aussehen.

Beim Abendessen verkündete er:

»Ich muß heute abend noch zu meinem Professor.«

Da Madame Lange nichts sagte, fragte er sich, ob sie ihn überhaupt gehört hatte, und war nahe daran, seinen Satz zu wiederholen. Besser, er ließ es bleiben. Drei, vier Minuten später gab sie im übrigen zu erkennen, daß sie zugehört hatte.

»Wann sind Sie mit Ihrer Doktorarbeit fertig?«

»Ich weiß nicht. Vielleicht in einem Jahr.«

Es drängte ihn hinzuzufügen:

»Vielleicht auch nie.«

»Sie wissen genau, daß Sie es schaffen werden. Sie arbeiten so viel, daß Sie es verdient haben. Und Sie haben es ja auch wirklich nötig!«

Wohingegen Mikhail es nicht nötig hatte!

Was kümmerte er sich noch um das Geschwätz bei Tisch? Wozu blickte er von einem zum andern, als sei er noch wie durch unsichtbare Fäden mit ihnen verbunden?

Er war schon nicht mehr hier. Er mußte zusehen, daß er vor Mikhail hinauskam, falls dieser sich entschloß auszugehen. Bis jetzt wies nichts darauf hin, daß er zu Hause zu bleiben gedachte.

Madame Lange rief ihn zurück, als er schon am Ende des Flurs war.

»Monsieur Elie!«

»Ja, Madame.«

»Könnten Sie nicht einen Brief für mich mitnehmen? Sie kommen doch an der Post vorbei.«

Wenn das nicht als ein Zeichen zu betrachten war! Ohne daß sie es wußte, lieferte sie ihm eine einleuchtende Erklärung für das Telegramm, das bisher der schwächste Punkt gewesen war. Die Hauptpost befand sich gleich hinter der Brücke und blieb die ganze Nacht geöffnet. Er müßte schon Pech haben, wenn er nicht in einem der Papierkörbe ein zerknülltes Telegramm fände. Die Leute bekamen jeden Tag welche postlagernd und nahmen sie nicht unbedingt mit nach Hause.

Er mußte sich beeilen, um rechtzeitig in der Nische am Bretterzaun zu sein.

Es gab nichts mehr zu überlegen, er brauchte nur noch zu handeln, wie ein Automat. Das war das Einfachste. Die qualvolle Phase, bis der Entschluß in ihm herangereift war, hatte er hinter sich.

Er ging über die Brücke, mußte nur in zwei Papierkörbe schauen, so wie jemand, der aus Versehen etwas weggeworfen hat, und fand ein Telegramm, auf dem geschrieben stand: *Ankomme morgen acht Uhr. Kuß. Lucile.*

Fast mußte er lächeln. Und genau in dem Augenblick, als er das Postamt verließ, erblickte er Mikhail, der auf dem Weg in die Stadt war.

Nun mußte er warten, bis er zurückkam. Hier waren alle Straßen beleuchtet und ziemlich belebt. Mikhail sah ihn nicht, und er konnte ihm in einiger Entfernung folgen.

In der Hauptstraße waren die meisten Cafés oder Bierkneipen, und Mikhail trat in ein hell erleuchtetes Lokal mit Marmortischen, an denen Studenten unter einer dichten Rauchdecke Bier tranken.

Eine oder zwei Stunden und vielleicht noch länger in der Kälte zu stehen, ohne es leid zu werden, war jetzt das Schwierigste für Elias. Der Nebel kam ihm zu Hilfe, der die Lichter und die Umrisse der Passanten verzerrte und die Stadt unwirklich aussehen ließ.

Von Zeit zu Zeit trat er an die großen Fensterscheiben und warf einen Blick auf Mikhail, der mit zwei jungen Männern am Tisch saß. Alle drei plauderten und rauchten Zigaretten. Mikhail trank kein Bier, sondern gelblichen Likör aus einem kleinen Glas.

Mehrmals lachte er. Vielleicht hatte er ihnen erzählt, was tags zuvor passiert war, und redete gerade von Elias und dem Gesicht, das er dort hinter der Tür gemacht haben mußte.

In einem dunklen Hauseingang ein Stück weiter stand fast eine Stunde lang reglos und eng umschlungen ein Liebespaar, bis sie schließlich ohne ein Wort zu einer Straßenbahnhaltestelle gingen, wo nur die Frau einstieg, während der Mann auf dem Trottoir stehenblieb und ihr nachsah.

Es war kalt und feucht. Elias spürte schon leichte Halsschmerzen, und das machte ihm Sorgen, denn wenn er sich eine Angina holte, würde es Wochen dauern, bis er wieder gesund war.

Um Viertel nach zehn endlich erhoben sich die drei

jungen Leute. Mikhail bezahlte für alle. Auf dem Trottoir ging er in der Mitte zwischen den beiden anderen. Sie hatten keine Eile, denn sie hatten sich aufgewärmt, und die Kälte machte ihnen nichts aus; einer der drei hatte sogar seinen Mantel offengelassen.

Elias nahm rechter Hand eine Abkürzung, um schneller an der Brücke zu sein, und als er sie überschritt, war der Nebel über dem Fluß so dicht, daß die Gaslaternen nur noch matte gelbe Scheiben waren.

Er schritt zügig aus, er hatte es eilig, den Zaun zu erreichen, es hinter sich zu bringen. Er drückte sich in den Winkel zwischen Zaun und Hauswand, genau dort, wo Mikhail an jenem Abend lehnte, als er Louise in seinen Armen hielt. Jemand, der sich auf dem Trottoir näherte, konnte ihn nicht sehen. Erst wenn man zwei Meter vor ihm war, hätte man ihn vielleicht entdecken können, aber auch nur, wenn man den Kopf zu ihm hinwandte.

Drüben an der Kreuzung, wo Mikhail sich von seinen Freunden trennen mußte, plauderten sie sicher noch, bis sie sich schließlich zum Abschied die Hand gaben. Es dauerte lange. Eine Viertelstunde verstrich.

Dann hallten plötzlich Mikhails Schritte auf dem Trottoir. Elias zog den Revolver aus der Tasche, vergewisserte sich, daß er entsichert war. Er konnte nicht mehr anders. Er mußte ihn bestrafen. Es war jetzt keine Angelegenheit mehr zwischen ihm und Mikhail. Es war eine Frage der Gerechtigkeit. Mikhail schritt schnell, gleichsam beschwingt aus. Elias hatte den Eindruck, daß der junge Mann vor sich hin summte, aber er war sich nicht sicher, denn in seinen Ohren hatte es zu dröhnen begonnen.

Er hatte beschlossen, bis zur letzten Sekunde zu warten, erst aus nächster Nähe abzufeuern, um nicht danebenzuschießen.

Er sah eine Gestalt auftauchen, ein Gesicht, machte einen Schritt nach vorn und stand jetzt dicht bei Mikhail, so dicht vor ihm, daß er kaum den Arm ausstrecken konnte.

Er schoß sofort, und es war keine Absicht, daß er auf das Gesicht zielte. In Wirklichkeit zielte er überhaupt nicht. Es war, als explodiere die Waffe vorn an seinem Arm, der vom Rückschlag geschüttelt wurde. Gleichzeitig verschwanden Mikhails Mund, sein Kinn, waren nur noch ein schwarzrotes Loch. Der Rumäne fiel nicht gleich um, er sah ihn an, verwundert und zugleich flehend, als ob noch Zeit sei, etwas für ihn zu tun.

Dann sackte er mit einer Drehung um die eigene Achse zusammen, und sein Kopf schlug auf das Trottoirpflaster auf.

Elias hatte sich nicht vom Fleck gerührt. Er vergaß zu fliehen, und beinahe hätte er auch einen wesentlichen Teil seines Plans vergessen.

Um die Fahrkarte bezahlen zu können, brauchte er mehr Geld, als er besaß. In Mikhails Brieftasche würde er welches finden. Wenn er ihm seine Papiere abnahm, verzögerte sich außerdem der Augenblick, in dem die Polizei an Madame Langes Tür klingeln würde. Das war das Unangenehmste. Er beugte sich hinunter, ging fast in die Knie, so wie er es immer vor Mikhails Tür getan hatte, schob die Hand in Mikhails Jackett und spürte sein Herz schlagen, hörte ein sonderbar gurgelndes Geräusch in seiner Kehle, glaubte zu sehen, wie sich seine Pupillen bewegten, und rannte mit der Brieftasche in der Hand davon.

Er verirrte sich im Gewirr der kleinen Gäßchen, kam an einer Stelle wieder heraus, die er nicht kannte, und mußte einen weiten Fußmarsch machen, bis er schließlich das Haus von Madame Lange wiederfand, in dem kein Licht mehr brannte.

Er ging schnurstracks in die zweite Etage hinauf, irrte sich in der Tür. Im Dunkeln fragte Louises Stimme:

»Wer ist da?«

Auch Madame Lange lag schon im Bett. Sie machte nicht sofort Licht. So hatte er Zeit, ihr vorher zu sagen, was er ihr zu sagen beschlossen hatte.

»Um wieviel Uhr geht Ihr Zug?«

»In fünfunddreißig Minuten.«

»Ich helfe Ihnen beim Kofferpacken.«

Er sah sie im Nachthemd, die Haare auf Lockenwicklern, und hörte erneut Louises Stimme:

»Was ist los, Maman?«

»Monsieur Elie muß verreisen. Sein Vater liegt im Sterben.«

Mit dem Koffer in der Hand eilte er wenige Minuten später mit großen Schritten zum Bahnhof, und als er auf der Brücke war, warf er wie geplant den Revolver in den Fluß.

An Mikhail dachte er nicht mehr, er dachte nur noch an seinen Zug, den er um keinen Preis versäumen durfte.

ZWEITER TEIL

Der Besitzer von Carlson-City

I

Appartement Nr. 66

Das Schrillen des Telefons unterbrach so jäh die Stille, daß sogar die draußen es hörten; einige drehten langsam den Kopf herum, drückten die Nase an die Glasscheibe, um in die schattige Halle zu spähen. Elias, der dabei war, Zahlenreihen zu addieren, warf automatisch einen Blick auf den Fernsprechkasten, stöpselte um und nahm den Hörer ab.

»›Carlson-Hotel‹«, sagte er wie jemand, der diese Worte schon jahrelang wiederholt.

»Hier Craig.«

Es gab eine Pause, und Elias wußte schon, was folgen würde.

»Ist sie nicht gekommen?«

»Nein, Mister Craig.«

»Keine Nachricht?«

»Ich hätte Ihnen doch Bescheid gegeben.«

Seit drei Tagen rief Harry Craig, der Bergwerksdirektor, alle drei oder vier Stunden an, und er war nicht der einzige in Carlson-City, der allmählich die Geduld verlor.

Gonzales, der jetzt das Amt des Portiers, des Gepäckträgers und des Boys in sich vereinigte, erhob sich von seiner Bank neben dem Aufzug, wo er in einer Illustrierten gelesen hatte, und durchquerte die menschenleere Halle, in der seine Schritte wie in einer Kirche widerhallten. Wenn er Elias sehen wollte, mußte er an den hohen Empfangsschalter treten, hinter dem dieser an einem Tisch saß, vor sich den Fernsprechschrank, in Reichweite der rechten Hand die Fächer für die Schlüssel und für die Post der Gäste. Schlaff, mit schwerfälligen Bewegungen stützte Gonzales beide Arme auf und sagte mit so träger Stimme, daß die Silben kaum voneinander abgesetzt waren:

»Was meint er?«

»Wer?«

»Craig.«

»Er meint gar nichts. Er wartet.«

»Und Sie, glauben Sie daran?«

Elias war bereits wieder in seine Rechnungen vertieft und hörte gar nicht mehr hin, und Gonzales sah ihm eine Zeitlang zu, seufzte, kratzte sich an der Nase und trottete zu seiner Bank zurück, wo er mit ergebener Miene wieder nach seiner Zeitschrift griff.

Auf der Uhr über der Rezeption war es zehn, und Manuel Chavez, der Geschäftsführer, war immer noch nicht aus seinem Appartement heruntergekommen. Er hatte sich damit begnügt, gegen halb neun anzurufen, kurz nachdem die Post gekommen war. Elias hatte seiner Stimme angehört, daß er noch im Bett lag.

»Nichts Neues?«

»Nein, Mister Chavez.«

Eine halbe Stunde später hatte sich seine Frau mit der Küche verbinden lassen, um das Frühstück zu bestellen.

Das am Vorabend eingetroffene frischvermählte Paar aus Vermont war in den Speisesaal heruntergekommen, wo sie ganz allein gewesen waren. Die bedrückende Leere und Stille im Hotel hatte ihnen nicht zugesagt, so hatten sie die Rechnung bezahlt, vollgetankt und waren in Richtung Mexiko weitergefahren.

Von den vierzig Zimmern im Hotel waren lediglich fünf noch besetzt, alle fünf von Leuten, die für die Bergwerksgesellschaft arbeiteten. Auch sie warteten. Zwei hatten angekündigt, Ende der Woche abzureisen, falls es bis dahin nichts Neues gab. Das sagten sie alle, einschließlich Chavez, der genauso wenig wußte wie die anderen, und Harry Craig, der in den Büros ein Stück weiter unten in der Straße die Abreisewilligen schon gar nicht mehr zurückzuhalten suchte.

Noch vor drei Monaten waren allein im Hotel die Hälfte der Zimmer belegt gewesen, zeitweise sogar alle, und das Personal in der Halle war vier bis sechs Mann stark gewesen; die meisten der schwarzen Ledersessel am Fuß der Säulen waren von morgens bis abends besetzt, und wenn es Zeit für den Aperitif wurde, war es fast unmöglich, an die Bar heranzukommen.

Jetzt dagegen hätte man meinen können, die Stadt läge im Sterben. Keine Sirenen zerrissen mehr die Luft, um den Schichtwechsel anzukündigen, die Loren, die an manchen Stellen an Drahtseilen über der Straße dahingeschwebt waren, standen nutzlos vor den Fördertürmen, und die vier großen Schlote der Hochöfen waren nicht mehr von graugrünem Rauch gekrönt.

Es war von heute auf morgen gekommen, als die Maschinen, die seit zwanzig Jahren die rote Erde oben in den Bergen aufwühlten und mit der Zeit einen riesigen Krater gegraben hatten, plötzlich einen unterirdischen See freilegten, von dessen Existenz niemand auch nur etwas geahnt hatte. Harry Craig, zugleich leitender Ingenieur und Direktor der Mine, hatte sogleich den Big Boss Lester Carlson in New York angerufen. Der hatte sich darüber nicht weiter aufgeregt, so als habe er ganz andere Dinge im Kopf, und nur geantwortet:

»Ich werde es mir mal ansehen. Macht bis dahin weiter, so gut es geht.«

Craig hatte nach Luft geschnappt und seinem Gesprächspartner, der in seinem Appartement in der Park Avenue saß, klarzumachen versucht, daß es in dieser Situation unmöglich war, den Bergwerksbetrieb aufrechtzuerhalten, daß wichtige Entscheidungen zu treffen waren, daß die eventuelle Trockenlegung des Sees Probleme aufwarf, die...

»Wir werden sehen, Harry. Ich rufe Sie in ein paar Tagen an.«

Craig war diese Gleichgültigkeit unbegreiflich, und wie sollte er etwas, was er selbst nicht verstand, seinen Untergebenen erklären? Die Vorarbeiter waren nahe daran zu glauben, daß er mehr wußte als sie und ihnen die Wahrheit verheimlichte.

»Wird stillgelegt?«

Andernorts war es so gewesen, hier in Arizona und

in New Mexico, auch in Mexiko jenseits der Gebirgskette, die den Horizont versperrte. Überall waren verlassene Bergwerke anzutreffen, Silberbergwerke oder Kupferbergwerke wie dieses hier, und die Vegetation nahm wieder in Besitz, was einmal Straßen gewesen waren, die Häuser standen leer und nutzlos da, und am Straßenrand zeigten Wegweiser in Richtungen, die nirgendwohin führten.

In den meisten Fällen war die Mine nicht ergiebig genug, und der Abbau lohnte sich nicht mehr, in anderen Fällen war die Ader erschöpft.

Die mexikanischen Arbeiter, die jeden Samstag in ihre Heimat zurückfuhren, waren die ersten, die nicht wiederkamen, weil es für sie nichts mehr zu tun gab, und zogen jetzt durch die Täler, um auf einer der Ranchs Arbeit zu suchen. Andere, wie die Amerikaner, viele davon Bergbauexperten, spielten schon mit dem Gedanken, ihr Glück anderswo zu versuchen.

Diejenigen, die im Wohnviertel jenseits des Flußbetts ein Haus besaßen, größtenteils verheiratete Leute mit Familie, verbrachten die meiste Zeit vor den Bürogebäuden, wo sie in kleinen Grüppchen schweigend herumstanden.

»Was hat er entschieden?«

»Das weiß keiner. Man weiß nicht mal, wo er ist. Er hat New York verlassen.«

Lester Carlson war um die Fünfundfünfzig. Das Kupferbergwerk hatte er von seinem Vater geerbt, ebenso wie ein paar andere Minen in den Vereinigten Staaten und in Kanada. Außerdem nannte er eine etwa zwanzig Kilometer von Carlson-City entfernt gelegene

Fünfzehntausend-Hektar-Ranch sein eigen. Vor seiner Heirat hatte er sich dort manchmal ein, zwei Monate aufgehalten und dreißig bis vierzig Gäste mitgebracht, für die er eigens ein Flugzeug charterte.

Jetzt lebten rings um das Hotel noch etwa fünftausend Menschen, die alle von ihm abhängig waren und jeden Tag nachfragten, ob es etwas Neues gäbe.

Da der Big Boss telefonisch nicht mehr erreichbar war, hatte Craig ihm ein Telegramm nach dem anderen geschickt. In der zweiten Woche war er kurz entschlossen nach New York gefahren, aber er hatte die Wohnung in der Park Avenue verschlossen vorgefunden.

Erst nach seiner Rückkehr fand er, als er die Klatschspalte einer Zeitung überflog, ganz zufällig die Erklärung dafür:

»Dolly Carlson, die ehemalige Nachtclubtänzerin, die mit dem Kupferminen-Magnaten Lester Carlson verheiratet ist, hat in Reno die Scheidung eingereicht. Die Anwälte beider Parteien sind bemüht, zu einer finanziellen Einigung zu gelangen. Bei der Eheschließung vor acht Jahren in Kalifornien wurde Gütergemeinschaft vereinbart.«

Nach langen Auseinandersetzungen hatte Craig von der örtlichen Bank die notwendigen Beträge erhalten, um die Techniker zu bezahlen, an denen ihm besonders gelegen war, und die Arbeiter zu unterstützen, die eine Familie zu versorgen hatten und nicht bereit waren, auf gut Glück wegzugehen.

Auch Chavez, der Geschäftsführer des Hotels, mußte sehen, wie er zurechtkam, und hatte über die Hälfte des Personals entlassen.

»Gerade als das Scheidungsurteil in der Sache Carlson gegen Carlson unterzeichnet werden sollte, haben neuerliche Forderungen von seiten Dolly Carlsons die Vereinbarungen wieder in Frage gestellt, und die Anwälte gehen erneut aufeinander los.«

Sie hatten über zwei Monate gebraucht, um eine Einigung zu erzielen, und Carlson-City hatte sich währenddessen jeden Tag ein wenig mehr geleert. Es war Mai. Das Thermometer neben dem Hoteleingang schwankte je nach Tageszeit zwischen 32 und 45 Grad. Die gewaltigen Ventilatoren an der Decke drehten sich lautlos bei Tag und Nacht.

Morgens war es in der Halle beinahe kühl, denn die Sonne schien auf die andere Straßenseite, wo genau gegenüber dem Hotel der alte Hugo zwischen seinem Zeitungs- und Zeitschriftenständer und der Zigarrenauslage gemächlich in seinem Schaukelstuhl auf und ab wippte. Außer wenn er abends die eisernen Rolläden herunterließ, war sein Laden, der kein Schaufenster hatte und eher einer nach vorn offenen Bude glich, durch nichts vom Trottoir getrennt. Jeder in der Stadt schaute irgendwann am Tag einmal bei ihm vorbei.

Hugo, der über hundert Kilo wog, stand nicht auf, wenn er Kunden zu bedienen hatte. Sie nahmen sich selbst, was sie brauchten, gingen dann zu ihm, und er stopfte sich Scheine und Kleingeld in die Taschen seiner weiten gelben Leinenhose.

Er nahm auch Wetten für Rennen entgegen, griff hin und wieder zum Telefon, das in seiner Reichweite stand, um sie zu irgendeinem Buchmacher Gott weiß wo durchzugeben, mit dem er zusammenarbeitete. Ein kleiner Junge, ein Farbiger, putzte am Eingang Schuhe, und ihn schickte Hugo von Zeit zu Zeit ins Hotel hinüber, um nach Neuigkeiten zu fragen.

»Ist sie noch nicht da? Hat sie angerufen oder ein Telegramm geschickt?«

Draußen an der Glasfront der Hotelhalle lehnten zehn, je nach Tageszeit auch fünfzehn Männer, die nichts zu tun hatten, als zu rauchen und ab und zu auszuspucken. Alle waren fast gleich gekleidet, blaue Leinenhose und weißes Hemd, die Mexikaner trugen einen Strohhut, die Amerikaner einen Cowboyhut.

Mac, der Barkeeper, schenkte nichts mehr auf Pump aus und blieb in seiner Bar fast den ganzen Tag allein und lauschte den Klängen aus seinem kleinen Kofferradio.

Elias hatte um acht Uhr morgens seinen Dienst angetreten und würde erst um acht Uhr abends fertig sein, wenn der Nachtportier kam, um ihn abzulösen. In der Woche darauf würde dann er Nachtdienst machen. Früher hatten sie sich zu dritt abgewechselt, aber der dritte hatte eine Stelle in einem Hotel in Tucson gefunden.

Endlich kam Chavez die Treppe herunter. Er fuhr nicht mit dem Aufzug, denn sein Appartement lag im ersten Stock. Wie jeden Morgen trug er einen frisch gebügelten weißen Anzug, sein Gesicht war sorgfältig rasiert und sein Schnauzbart wie mit Tusche gezeichnet.

Auch er lehnte sich an die Rezeption und warf einen zerstreuten Blick auf Elias, der mit seiner Arbeit beschäftigt war.

»Nichts Neues, nehme ich an?«

»Nichts, Mister Chavez.«

»Ich frage mich, ob es sich überhaupt lohnt, frische Blumen ins Appartement hinaufzubringen.«

Während die Häuser in der Stadt nur ein oder zwei Stockwerke, oft auch nur Erdgeschoß hatten, war das Hotel, das Carlsons Vater, der Begründer des Bergwerks, vor vierzig Jahren erbaut hatte, ein sechsgeschossiger Backsteinbau. Das sechste Geschoß war etwas zurückversetzt und von einer Terrasse umgeben. Hier hatte der alte Carlson gewohnt, wenn er nach Carlson-City kam. Erst viel später, ein paar Jahre vor seinem Tod, hatte er dann die Ranch gekauft, von der er dann allerdings fast nichts mehr gehabt hatte.

Auch sein Sohn logierte öfters in dem Appartement, das die Nummer 66 hatte.

Vor drei Tagen nun war ein Telegramm gekommen, nicht aus Reno, sondern aus New York, mit den Worten: *Bitte Appartement 66 bereitmachen.*

Unterzeichnet war es mit *Dolly Carlson.*

Craig war überhaupt nicht informiert worden. Man hatte zunächst gar nicht begriffen und alle möglichen Vermutungen angestellt, bis Mac, der Barkeeper, des Rätsels Lösung brachte.

»Na sowas! Die Scheidung ist durch, und anscheinend sind alle Papiere unterzeichnet. Gerade ist es im Radio gekommen.«

»Wem gehört das Bergwerk?«

»Es hieß nur, daß sie sich das Vermögen geteilt haben.«

Als Craig wieder einmal in der Park Avenue anrief, antwortete eine unbekannte Stimme:

»Mister Lester Carlson ist gestern nach Europa abgeflogen.«

Die Sonnenlinie auf der Straße rückte langsam immer weiter vor, und bald, am frühen Nachmittag, würde man die Rolläden herablassen müssen, und die Ventilatoren wirbelten dann nur noch heiße Luft umher.

Wie die meisten Einwohner von Carlson-City – außer Chavez, der als einziger stets einen makellos weißen Anzug trug – arbeitete Elias ohne Jackett, mit aufgekrempelten Hemdsärmeln, die seine mit Sommersprossen und rotblonden Haaren bedeckten Unterarme frei ließen. Da er an der Rezeption saß, band er allerdings immer eine Krawatte um.

»Vielleicht stelle ich doch besser frische Blumen hinauf.«

Dolly Carlson, von der künftig das Leben der Stadt abzuhängen schien, hatte hier noch keiner zu Gesicht bekommen. Warum hätte sie telegraphiert, man solle die Nummer 66 bereitmachen, wenn das Bergwerk nicht ihr zugesprochen worden war?

Chavez war gerade aus der Tür, um zum Blumenhändler zwei Häuser weiter zu gehen, da klingelte das Telefon.

»Hier Carlson-Hotel.«

»Craig.«

Seine Stimme klang aufgeregter als vorhin.

»Ist Manuel da?«

»Er ist gerade rausgegangen. Zum Blumenladen. Er wird gleich wieder dasein.«

»Sind Sie's, Elias? Bitten Sie ihn, mich anzurufen, sobald er zurück ist.«

»Gibt's was Neues?«

»Kann sein.«

Auch Elias war jetzt von einer Frau abhängig, von der er nur wußte, daß sie vor zehn Jahren ganz New York auf die Beine brachte. Wie viele andere und länger als die meisten, nämlich seit siebzehn Jahren, besaß er hier ein Haus, ein weiß gestrichenes, von einer breiten Veranda umgebenes Holzhaus jenseits des Flußbetts an der kühlsten Stelle des Hügels.

Geschäftsviertel und Wohnviertel lagen einander gegenüber, beide am Hang, und von der Hoteltür aus konnte Elias das Dach seines Hauses sehen.

Als das Telefon wieder läutete, war es für ihn. Seine Frau Carlotta war am Apparat und fragte mit starkem mexikanischen Akzent:

»Ist sie gekommen?«

»Noch nicht.«

»Hat sie sich nicht mehr gemeldet?«

»Wir wissen immer noch nichts.«

Gonzales verließ seine Bank neben dem Aufzug, um es den draußen an der Glasfront lehnenden Männern weiterzusagen:

»Immer noch nichts.«

Es gab jedoch jemanden, der etwas wußte. Als Chavez zurückkam, sagte Elias zu ihm:

»Craig bittet Sie, ihn anzurufen.«

»Hat er Neuigkeiten?«

Dieser Satz war seit drei Monaten bis zum Überdruß zu hören gewesen, und jetzt scheute man sich fast, ihn noch auszusprechen. Manche sagten ihn nur noch mit gekreuzten Fingern oder klopften dabei auf Holz.

»Davon hat er nichts gesagt.«

»Verbinden Sie mich mit ihm.«

Auf der Rezeption stand ein Apparat. Elias wählte die Nummer, steckte seinen Stöpsel in eins der Löcher im Schaltkasten.

»Er ist am Apparat.«

»Hallo? Harry? Hier Manuel... Was? ... Ja, ja... Ich höre dich gut... Hier? ... Der Verwalter? ... Und er weiß nicht, ob sie hierher kommt? ... Das verstehe ich nicht, nein... Wann? ... Heute nacht? ... Ich rufe sie an... Was bleibt mir anderes übrig... Ich sehe keinen Grund, warum ich sie nicht um Instruktionen bitten sollte... Ja doch! Ich sage ihr natürlich nicht, woher ich es weiß... Es hätte sie ja jemand sehen und es in der Stadt herumerzählen können... Ja... Sofort.«

Mit gerunzelten Brauen und ziemlich bestürzter Miene legte er auf und sagte zu Elias:

»Sie ist hier.«

»Wo?«

»Auf der Ranch. Sie ist heute nacht mit dem Auto gekommen, mit ihrem Chauffeur, ihrem Zimmermädchen und ihrer Sekretärin. Craig hat es eben vom Verwalter erfahren. Keiner hat sie erwartet. Nur weil man ihr Bild in der Zeitung gesehen hatte, wußte man, wer sie ist.«

»Will sie nicht hier im Hotel wohnen?«

»Das möchte ich ja gerade wissen. Ich rufe sie an. Verbinden Sie mich mit der Ranch.«

Chavez nahm den Hörer.

»Hallo!... Hallo!«

Jemand hatte abgenommen, aber dann schien plötzlich niemand mehr am anderen Ende der Leitung zu sein. Nach einer Weile jedoch hörte er eine Frauenstimme.

»Mrs. Carlson? ... Ich höre Sie sehr schlecht... Die Sekretärin? Könnte ich Mrs. Carlson sprechen? Ja... Ich verstehe... Entschuldigen Sie, wenn ich darauf bestehe. In ein, zwei Stunden? ... Es ist wegen des Appartements, das ich reservieren sollte... Im Carlson-Hotel, ja... Nein... Es ist niemand gekommen...«

Er horchte, machte ein erstauntes Gesicht, während er mechanisch mit einer Streichholzschachtel spielte. Elias ließ ihn nicht aus den Augen, und auch Gonzales beobachtete ihn von weitem.

»Dann bitte ich um Entschuldigung... Das wußte ich nicht... Nein! Ich habe keine neue Order erhalten... Gut, ich warte... Ja... Danke, Miss...«

Er wischte sich verwirrt über die Stirn, gab Elias keinerlei Erklärung, sondern befahl ihm nur:

»Rufen Sie Craig an. Schnell.«

Aufgeregt zündete er sich eine Zigarette an.

»Harry? Ich habe gerade mit der Ranch telefoniert... Nein! Ich konnte nicht mit ihr selbst sprechen, weil sie vor einer halben Stunde mit dem Verwalter ausgeritten ist... Die Sekretärin war am Apparat... Sie hat mich gefragt, ob der neue Besitzer schon da ist, und nannte einen Namen, den ich nicht verstanden habe. Ich wollte sie nicht bitten, ihn zu wiederholen... Der neue Besitzer, ja... Das sind ihre eigenen Worte... Sie hat nichts weiter gesagt, aber wie es aussieht, ist die Mine verkauft... Sonst weiß ich auch nichts... Sie war ganz überrascht, daß er noch nicht hier ist...«

Er drehte sich um und blickte auf die Straße hinaus, während Elias aufstand, sich über die Rezeption beugte, um ebenfalls hinauszuschauen, und Gonzales mit neu erwachter Agilität zur Tür eilte. Die Männer draußen wandten alle auf einmal die Köpfe zur Straße, man sah, wie sie plötzlich in Erregung gerieten, die Luft war wie elektrisch geladen, und endlich tauchte ein großes, staubbedecktes, lautlos dahingleitendes Auto auf, kam näher und parkte am Straßenrand.

Am Nummernschild hatten alle sofort erkannt, daß es aus dem Staat New York kam.

Bevor Gonzales herbeieilen konnte, war bereits ein Chauffeur in schwarzer Livree von seinem Sitz gesprungen und hatte den Schlag geöffnet. Als erstes stieg ein großer kräftiger Mann um die Vierzig aus, barhäuptig, mit blondem Haar und rosigem Teint, und hinter ihm ein zweiter, kleinerer, der schmal und hager war, sich ohne ein Wort umsah, mit kräftigen Schritten über das Trottoir ging und die Hotelhalle betrat.

»Ich glaube, das ist er, Harry«, sagte Chavez genau in dem Augenblick ins Telefon, als die Ankömmlinge durch die Tür traten. »Ich rufe dich wieder an.«

Draußen lud der Chauffeur das Gepäck hinten aus dem Kofferraum aus. Der Geschäftsführer eilte auf die beiden Männer zu.

»Mrs. Carlson hat die Nummer 66 für Sie reservieren lassen, nehme ich an?«

»So ist es«, antwortete der größere.

»Wenn Sie so freundlich sind und den Meldezettel ausfüllen, danach begleite ich Sie in Ihr Appartement hinauf.«

Ohne zu wissen, was er tat, schob Elias dem Gast den Meldeblock zu und vergaß, ihm den Stift zu reichen. Der Mann nahm ihn sich selbst.

Seit Jahren trug Elias eine Brille mit dicken Gläsern, ohne die er nicht lesen konnte. In der Ferne jedoch ließ die Brille die Bilder verschwimmen, statt die Sicht zu verbessern.

Den Blick starr auf den kleineren der beiden Männer gerichtet, nahm er sie ab, und jetzt wurden die Umrisse klar, das Blut schoß ihm ins Gesicht, und seine großen Augen schienen ihm fast aus dem Kopf zu fallen. Er machte keine Bewegung, brachte kein Wort heraus. Alles andere auf der Welt hörte auf zu existieren. Er wußte nicht einmal mehr, in welchem Teil der Erde er sich befand. Zeit und Raum gab es nicht mehr.

Sechsundzwanzig Jahre waren wie ausgelöscht, während er mit geweiteten Pupillen und dröhnenden Ohren Mikhail ansah und dieser ihn ansah.

Elias hatte im Lauf der Jahre zugenommen. Er war fett geworden. Oben am Schädel und vor allem an den Schläfen hatte sich sein Haar gelichtet, war noch krauser geworden und von undefinierbarer Farbe, einer Mischung zwischen rot und grau.

Mikhail hatte ihn dennoch erkannt, dessen war er sich sicher, genauso wie er ihn erkannt hatte. Und Mikhail war nicht einmal zusammengezuckt. Nur ganz kurz hatte er die Brauen gerunzelt. Sein Gesicht hatte leichte Verwunderung gezeigt und vielleicht ein schwaches Lächeln, vielleicht hatten sich seine Lippen aber auch nur zu einer Grimasse verzogen.

Es war nicht genau zu erkennen, denn sein Gesicht war nicht mehr so, wie es einmal gewesen war. Stirn und Augen waren unversehrt; der ganze untere Teil, Mund, Nase, Kinn, war wie aus einem anderen Material, wächsern, weniger beweglich, nicht von Muskeln gesteuert, mit verwachsenen Nähten überzogen.

Ohne Brille konnte Elias auf dem ersten Meldezettel nichts als verschwommene Linien erkennen, und nun trat Mikhail ganz unbefangen näher, griff nach dem Stift und schrieb, ohne ein Wort zu sagen.

»Sie sind nur zu zweit?« fragte Chavez dienstbeflissen. »Sie haben bestimmt Hunger?«

Der Große blickte zu Mikhail, der den Kopf schüttelte, und antwortete:

»Jetzt nicht.«

»Möchten Sie etwas zu trinken?«

Wieder die gleiche Antwort. Dann warf Mikhail noch einen flüchtigen Blick auf Elias und ging zum Aufzug. Chavez fuhr mit ihnen hinauf, ebenso Gonzales mit dem Gepäck, so daß Elias einen Augenblick lang allein in der Halle zurückblieb, schwankend wie ein Schiff auf hoher See. Dann öffnete sich die Tür, drei, vier Männer traten ein, weitere folgten ihnen, die sich gegenseitig Mut machten.

»Ist er das?«

Er hörte sie gar nicht, dachte nicht daran, zu antworten. Aus der Bar tauchte Mac auf.

»Ist das der neue Boss? Welcher von beiden ist es? Ich wette, der Kleine.«

Elias' Augenlider, die immer leicht gerötet waren, zuckten, und mit einer mechanischen Bewegung setzte er die Brille wieder auf und beugte sich über die Meldezettel.

»Mikhail Zograffi, Hotel ›Saint-Regis‹, Fifth Avenue, New York.«

Er war nicht überrascht. Einen Augenblick war es ein Schock für ihn gewesen, der ihm sekundenlang das Blut in den Adern hatte stocken lassen.

Seit sechsundzwanzig Jahren wußte er, daß dieser Augenblick irgendwann kommen mußte. Seit jenem Dezemberabend, als er von dem seltsam verkrümmt auf dem Trottoir liegenden Körper weggerannt war, hatte er die Ahnung, ja die Gewißheit gehabt, daß der Mann am Leben war.

Er sah noch sein Gesicht vor sich, hatte es immer und immer wieder vor sich gesehen, die Augen vor allem, die ihn verwundert und flehend zugleich ansahen, während der Rest, von der Nase an abwärts, nur noch ein schwarzes Loch war, aus dem die Zähne herausfielen.

Hatten Mikhails Augen ihn damals nicht angefleht, ihm den Gnadenschuß zu geben? Und er hatte verstanden, war nahe daran gewesen, es zu tun, ein zweites Mal abzufeuern, in die Brust zum Beispiel, da wo das Herz war, nicht zu seiner eigenen Sicherheit, weil Mikhail ihn erkannt hatte, sondern aus Mitleid, damit er nicht länger leiden mußte.

Er hatte es nicht fertiggebracht. Und als er das Portefeuille aus der Innentasche des Jacketts nahm, hatte er Mikhail nicht ansehen können, hatte den Kopf weggedreht und das Gefühl gehabt, ohnmächtig zu werden, wenn er noch länger blieb.

Was danach geschehen war, hatte er nie erfahren. In Hamburg, wo er am nächsten Tag ankam und wo dicke Eisschollen auf dem Fluß trieben, gab es keine belgischen Zeitungen, und die deutschen berichteten nichts über das Drama, das sich in Lüttich ereignet hatte.

Drei Jahre lang war er jeden Tag darauf gefaßt gewesen, verhaftet zu werden. Erst viel später, sechs Jahre nachdem er aus Lüttich abgereist war, hatte er aus New York einen maschinengeschriebenen Brief, dem er einen Dollar als Rückporto beilegte, an eine Zeitung in Lüttich geschickt und gebeten, man möge ihm die Nummer vom 5. Dezember 1926 zusenden.

Er hatte nie etwas erhalten. Vergeblich hatte er wochenlang jeden Tag bei der Post nachgefragt.

Dennoch war er überzeugt, daß Mikhail nicht tot war. Jahre später war der Zweite Weltkrieg ausgebrochen, Zehntausende von Juden wurden ermordet, Polen und Rumänien durch den Eisernen Vorhang von der Welt abgeschnitten.

Von seinen Angehörigen, seinem Vater, seinen Geschwistern, hatte er nie wieder etwas gehört. Wahrscheinlich waren sie alle tot, wenn nicht einige von ihnen nach Sibirien deportiert worden waren.

War den Zograffis das gleiche Schicksal widerfahren?

Er wußte es nicht, er wußte nur, daß Mikhail irgendwo auf der Welt lebte und daß sie sich irgendwann gegenüberstehen würden.

Sein eigenes Leben war nichts als eine Art Strafaufschub. Eines Tages würde man ihn zur Rechenschaft ziehen. Eines Tages würde Mikhail kommen, so wie es vorhin geschehen war, ihn wortlos anblicken und warten, daß er sprach.

»Was ist mit Ihnen, Elias?« fragte Chavez, der gerade wieder heruntergekommen war und die Neugierigen vor die Tür gesetzt hatte. Elias starrte ihn an, als sähe er ihn gar nicht.

»Nichts«, antwortete er geistesabwesend.

»Rufen Sie Craig an, schnell!«

Er versuchte die Nummer zu wählen; die Zahlen verschwammen, weil er vergessen hatte, seine Brille wieder aufzusetzen, die er abgenommen hatte, um sich die Augen zu reiben.

»Craig?«

Seine Stimme klang ganz normal, und er wunderte sich nicht darüber.

»Chavez möchte Sie sprechen.«

»Craig? Hier Harry. Sie sind da. Ich sage ›sie‹, denn es sind zwei. Am Anfang fragte ich mich, wer von beiden wohl der Boss ist, aber ich habe gleich richtig geraten. Es ist der, der nicht spricht. Er hat tatsächlich noch kein Wort gesagt. Der andere redet für ihn. Wie?... Moment...«

Er griff nach einem der Meldezettel.

»Mikhail Zograffi... Ich höre den Namen zum ersten Mal... Und du? Aha! Sein Compagnon heißt... Warte mal...«

Und zu Elias:

»Den anderen Meldezettel...«

Elias gab ihn ihm.

»Eric Jensen... Sie haben beide die gleiche Adresse angegeben: Hotel ›Saint-Regis‹, New York... Sie sind im Auto gekommen, mit einem Chauffeur... Kennst du ihn?... Schon mal hiergewesen? Vor einem Monat? ... Jensen? Dann wundert's mich nicht mehr, daß ich das Gefühl hatte, ihn schon irgendwo gesehen zu haben... Ein großer Blonder, ja, ein wahrer Hüne... Sie sind droben im Appartement... Der Chauffeur ist bei ihnen... Ich habe sie gefragt, ob sie etwas essen wollen, und sie haben geantwortet, sie würden anrufen, wenn sie etwas möchten... Ich weiß nicht, ob ich falsch liege, aber dieser Zograffi kommt mir nicht gerade umgänglich vor... Meinst du?... Wenn du willst... Ich frage sie mal... Bleib dran...«

Chavez kam hinter die Rezeption, stellte sich vor die Telefonvermittlung.

»Fragen Sie im 66, ob sie mit Craig sprechen möchten«, sagte er zu Elias. »Wenn ja, verbinden Sie, aber lassen Sie den anderen Apparat in der Leitung.«

Elias stellte die Verbindung her.

»Nummer 66?«

»Jensen am Apparat.«

»Mister Craig läßt fragen, ob er Sie sprechen kann.«

»Geben Sie ihn mir.«

»Jensen?«

»Ja.«

»Hier Craig.«

Verlegene Stille, jedenfalls auf Craigs Seite.

»Ich habe gehört, daß Sie eben angekommen sind.«

»Ja.«

»Stimmt es, daß das Bergwerk verkauft ist?«

»Gewissermaßen.«

»An wen?«

»An meinen Chef.«
»Ist er auch hier?«
»Ja.«
»Wann kann ich ihn sehen?«
»Er wird es Ihnen mitteilen.«
»Sie wissen so gut wie ich, daß dringende Entscheidungen anstehen, nicht wahr?«
»Ja.«
»Wenn es so weitergeht, habe ich in ein paar Tagen keinen einzigen Techniker mehr zur Verfügung.«
»Ich werde Sie anrufen, bevor es soweit kommt.«
»Danke.«
»Keine Ursache.«
Chavez wartete, bis oben eingehängt wurde.
»Craig? Ich habe mir erlaubt mitzuhören. Wirkt eher frostig, der Herr, was?«
»Es bleibt uns nichts anderes übrig, als abzuwarten. Wie alt ist er?«
»Zograffi? Um die fünfzig. Er muß einen schlimmen Unfall gehabt haben, denn die untere Hälfte seines Gesichts ist gelähmt und sieht wie künstlich aus. Ich frage mich, ob er überhaupt noch sprechen kann.«
Craig legte auf, ohne sich dazu zu äußern. Die Blumen, die Chavez kurz vorher bestellt hatte, wurden gebracht.
»Soll ich sie hinaufbringen?«
»Das kann Gonzales machen.«
Der erhob sich von seiner Bank, nahm die zwei Sträuße und schloß die Aufzugtür hinter sich. Der Geschäftsführer lehnte immer noch an der Rezeption, mit sorgenvoller, beunruhigter Miene.

»Es kommt immer anders, als man es sich vorgestellt hat«, murmelte er vor sich hin.

Da er einen Zuhörer brauchte, wandte er sich zu Elias.

»Jensen ist vor einem Monat schon mal hiergewesen und hat zwei Tage bei Craig verbracht, den er vom College her kennt. Sie sollen hier im Hotel zu Mittag und zu Abend gegessen haben. Es kam mir doch gleich so vor, als hätte ich das Gesicht schon mal gesehen. Offenbar hat man ihn hergeschickt, die Lage zu erkunden, so daß sein Chef im Bilde war, als er Mrs. Carlson das Bergwerk abkaufte.«

Elias rührte sich nicht. Man hätte nicht einmal sagen können, ob er überhaupt zuhörte.

»Was haben Sie bloß?«

»Nichts. Es wird die Hitze sein.«

Die Tür des Aufzugs öffnete sich, und ein völlig verstörter Gonzales kam heraus, in der Hand die beiden Blumensträuße.

»Was haben sie gesagt?«

›Ich soll sie zurückbringen.«

»Welcher von beiden hat gesprochen?«

»Der kleinere. Er spricht mit einer komischen, zischenden Stimme, wie Wasser, das gerade zu sieden beginnt.«

»Hast du gesagt, daß sie von der Direktion sind?«

»Ja. Er hat mich hinausgeworfen und die Tür hinter mir zugemacht.«

Mit den Blumen in der Hand stand Gonzales immer noch fassungslos da.

»Was soll ich damit machen?«

»Stell sie in die blaue Vase.«

Auf dem Tisch mitten in der Halle, auf dem auch die Wochenzeitschriften ausgelegt waren, stand eine große Fayencevase.

Es war Mittag. Früher hatten Schlag zwölf rings um die Stadt die Sirenen zu heulen begonnen.

Die Männer, die bis vor kurzem draußen an der Glasfront lehnten, hatten beschlossen, sich ein Gläschen zu genehmigen, nun, da es vielleicht bald wieder Arbeit gab.

Der kleine Schuhputzer kam über die Straße.

»Ist das der neue Besitzer?« fragte er in Hugos Auftrag.

»Sieht so aus«, erwiderte Chavez unwillig.

»Welcher von beiden?«

»Der kleinere.«

»Wie heißt er?«

»Zograffi.«

Der Junge lief davon, und durch die Glasscheibe sah man, wie Hugo sich seinen Bericht anhörte und dann zum Telefon griff. Wahrscheinlich würde er als erster genau informiert sein, denn er hatte überallhin Verbindungen.

Das Telefon klingelte, Elias nahm ab, horchte und sagte:

»Augenblick...«

Dann zu Chavez:

»Ihre Frau.«

»Hallo, Celia? Entschuldige. Ich hatte keine freie Minute. Er ist da... Ja, ein Mann... Nein, sie nicht. Sie ist auf der Ranch... Laß dir das Mittagessen hinaufbringen... Ich komme jetzt lieber nicht hinauf... Weiß ich nicht... Ich weiß noch gar nichts...«

Ein Kellner brachte ein Tablett mit einem Käse- und einem Thunfischsandwich mit Tomate und stellte es zusammen mit einer Tasse Kaffee auf Elias' Schreibtisch.

»Was nehmen Sie als Dessert? Es gibt Apfelkuchen oder Obst.«

Elias starrte ihn an, als ob er nicht verstünde, und der Kellner zuckte hinter seinem Rücken die Achseln, machte ein Zeichen zu Chavez hinüber, das besagte, daß der Portier wohl bekloppt sein mußte.

2

Die Baracke am Elbufer und die Pralinen in der Schublade

Als der Chauffeur herunterkam, zeigte Gonzales ihm den Speisesaal, aber er nahm dort nicht gleich Platz, sondern ging zuerst in die Bar. Die anderen traten auseinander, um ihm an der kupfernen Theke Platz zu machen.

»Whisky!« bestellte er und blickte sich neugierig um.

»Ich heiße Dick«, sagte er dann zu dem blonden Barkeeper, der ihm das Glas füllte.

»Ich bin Mac.«

Es war, als hätten sie Losungsworte ausgetauscht und einander als Brüder erkannt.

»New York?«

»Queens.«

»Brooklyn.«

Fern der Heimat übertrieb der Chauffeur absichtlich seinen schleppenden Brooklyner Dialekt und die für die Jungs aus Brooklyn typische unerschütterliche Miene, ließ seinen Blick amüsiert über die kraftstrotzenden Kerle ringsherum schweifen, von denen manche über einen Meter fünfundachtzig maßen, musterte eingehend ihre Bluejeans, die an den Schenkeln spannten, ihre breitkrempigen Hüte, die bunten Lederstiefel.

»Wie im Film!« bemerkte er aus dem Mundwinkel.

»Noch nie im Westen gewesen?«

»Nie weiter als bis Saint Louis.«

»Für länger hier?«

»Das weiß man bei ihm nie. Vielleicht einen Tag, vielleicht ein Jahr.«

Er spürte, daß das Prestige des neuen Chefs, den sie nur ganz kurz gesehen hatten, teilweise auf ihn überging, und zog seine Schau ab.

»Du mußt mit mir anstoßen, Mac. Auf die Rechnung vom Chef.«

Als er im Restaurant Platz nahm, steuerte Chavez, der ihm aufgelauert hatte, auf seinen Tisch zu und blieb dort stehen, in der Hoffnung, mehr über den neuen Besitzer zu erfahren. Später bemühte er sich noch einmal und begleitete den Chauffeur bis auf das Trottoir, um ihm die Einfahrt zu zeigen, durch die er den Wagen hinter das Hotel in den Hof fahren konnte, wo sich die Garagen und die Zapfstelle befanden.

Die Frau des Geschäftsführers kam selten vor dem Abend herunter. Den Tag verbrachte sie im Négligé in ihrem Appartement. Chavez war schrecklich in sie verliebt, schrecklich eifersüchtig und ging alle naselang zu ihr hinauf.

An diesem Nachmittag allerdings verließ er die Halle kaum und begnügte sich zum Mittagessen mit einem Sandwich. Die beiden Herren in der Nummer 66 hatten sich vom Oberkellner die Speisekarte hinaufbringen lassen. Auch diesmal war Jensen am Telefon gewesen.

»Was haben sie bestellt?«

»Steaks und eine Flasche roten Bordeaux.«

Im Bürogebäude der Bergwerksgesellschaft ein Stück weiter in derselben Straße wagte Craig ebenfalls keinen Fuß vor die Tür zu setzen, denn er rechnete jeden Augenblick mit einem Anruf. Mindestens zweimal pro Stunde hatte er Chavez angerufen, den Elias nicht von weit her zu holen brauchte.

»Was machen sie gerade?«

»Sie sind fast mit dem Essen fertig. Der Chauffeur ist dabei, das Auto zu waschen.«

»Haben sie nicht nach mir gefragt?«

»Bis jetzt noch nicht.«

Beim zweiten Mal gab es eine Neuigkeit, die jedoch nicht dazu angetan war, die Befürchtungen des leitenden Ingenieurs zu beschwichtigen.

»Bill Hogan ist gekommen.«

»Der Professor?«

»Ja.«

Hogan, der an der Universität in Tucson Geologie lehrte, war ein langer, dünner Kerl mit einem kindlichen Gesicht, den man im Sommer häufig die Gegend durchstreifen sah, zu Pferd oder in einem Jeep, manchmal bis nach Mexiko hinunter, und der nicht davor zurückscheute, mitten in der Wüste zu nächtigen. Er durfte kaum älter als zweiunddreißig sein und hatte als Student bei Rodeos mehrere Preise errungen.

»War er mit ihnen verabredet?«

»Er hat mich gebeten, ihn anzumelden. Von droben kam die Antwort, er solle heraufkommen. Er hatte eine Ledermappe dabei.«

Gonzales hatte die Jalousien herabgelassen, so daß

man nicht mehr sah, was auf der Straße vorging. Chavez wischte sich von Zeit zu Zeit die Stirn ab. Elias, der immer noch an seinem Schreibtisch saß, hatte große Schweißflecken unter den Armen.

Das Thermometer mußte an die sechsundvierzig Grad im Schatten zeigen. Nicht der leiseste Windhauch war zu spüren, kein Wölkchen stand am Himmel, der wochenlang immer gleichmäßig blau blieb. Die Regenzeit würde erst in zwei, drei Monaten kommen; vielleicht noch später, und es kam sogar vor, daß es im ganzen Jahr nur drei Tage lang regnete. Bis dahin würde Tag für Tag gleißend hell die Sonne scheinen, mit dem Schattenstreifen draußen, der sich von Hugos Laden langsam bis an die breite Glasfront des Hotels vorschob und immer schmäler wurde.

»Ist es Ihnen heute heiß genug?«

Das war der gängige Scherz, denn Elias jammerte nie über die Hitze und wirkte um so zufriedener, je heißer es war. Er schien nie so glücklich, wie wenn er schwitzte, und sein Schweiß hatte einen durchdringenden Geruch; manchmal rümpfte Chavez die Nase, wenn er in das enge Rezeptionsbüro trat, vor allem gegen vier oder fünf Uhr nachmittags.

Elias entging das nicht. Es war ihm gleich. Er ergötzte sich an seinem Geruch. Er wurde jedes Jahr fetter, sein Körper schwammig. Er verschaffte sich keinerlei körperliche Bewegung, beschränkte sich darauf, zweimal täglich ohne Eile den halben Kilometer bis zu seinem Haus zurückzulegen. Er aß zuviel, vor allem abends, war immer hungrig und hatte Bonbons und Pralinen in seiner Schublade liegen.

Lag das daran, daß er damals bei Madame Lange, als er mit zwei Eiern täglich und ein paar Scheiben Brot vorliebnehmen mußte, jahrelang Hunger litt?

In den drei Jahren in Hamburg hatte weniger der Hunger als die Kälte sein Leben geprägt, und wenn er daran zurückdachte, konnte er sich nur schwer vorstellen, daß es notwendigerweise auch Sommer gegeben haben mußte. Sie waren kurz und verregnet gewesen. In seinen Erinnerungen kam die Sonne nur ganz selten einmal vor, wohingegen er den Nebel morgens über der Elbe noch in aller Deutlichkeit vor sich sah und noch das Tuten der Nebelhörner auf den dunklen, feuchten Schiffen in den Ohren hatte, die sich vorsichtig ihren Weg suchten. Am unangenehmsten aber waren die Tage mit Schneeregen gewesen, der durch Schuhe und Kleider drang.

In der ersten Zeit war er so fest überzeugt, daß er gesucht wurde, daß er sich keine Arbeit zu suchen wagte und täglich in einem anderen möblierten Zimmer im Hafenviertel nächtigte. Tagsüber lief er ziellos durch die Straßen, und um nicht erkannt zu werden, hatte er sich einen Bart stehen lassen, der nicht richtig wachsen wollte und zwischen Büscheln roter Haare kahle Stellen hatte.

Die Leute bereiteten sich auf Weihnachten vor, das er frierend unter einer einzigen dünnen Bettdecke verbrachte, und als ein paar Tage später das Geld von Mikhail ausging, schloß er sich einer Gruppe Männer an, die mit einem Reklameschild auf dem Rücken die Straße auf und ab gingen.

Manchmal spürte er die Kälte so schneidend, daß er

das Gefühl hatte, zu verbrennen, und sich beherrschen mußte, um nicht laut zu schreien.

Er wußte nicht, was nach seiner Abreise in Lüttich geschehen war, er wußte nur, daß Mikhail nicht tot war. Immer wieder sah er dessen flehentlich auf ihn gerichtete Augen vor sich. Auch wenn er nur noch wenige Minuten gelebt haben sollte, hatte er den Anwohnern, die sicherlich herbeigelaufen waren und sich über ihn gebeugt hatten, ganz gewiß seinen Namen gesagt. Oder er war von irgendeinem Passanten entdeckt worden, von einem Polizisten, der seine Runde machte. Elias weigerte sich zu glauben, daß er die ganze Nacht auf dem Trottoir liegengeblieben war, stöhnend und mit diesem Blick, der um den Gnadenschuß flehte.

Elias bezahlte für seine Tat. Er hatte das Gefühl, teuer zu bezahlen. Er beklagte sich nicht, sprach im übrigen mit niemandem und beschloß eines Tages von sich aus, über die Elbe nach Altona zu den Werftanlagen zu gehen.

Dort lebte er drei Jahre in einer Welt der Kräne und Gerüste, Werkhallen und Docks, in der es nichts als Stein und Metall gab, in einem schwarzweißen Universum, eingefaßt vom noch gnadenloseren Grau des Flusses, über dessen Ufern nachts die Lichter von Hamburg flimmerten.

Zuerst hatte er eine Anstellung in einer Werft gefunden, wo er zusammen mit einem anderen von morgens bis abends Eisenplatten schleppen mußte. Seine Konstitution war nicht kräftig genug, um dem standzuhalten. So fest er auch die Zähne zusammenbiß, sosehr er sich anstrengte, bis jede Körperfaser schmerzte, der Vorarbeiter griff ihn sich heraus und strich ihn aus der Liste.

Daraufhin hatte er wochenlang für ein paar Pfennige Botengänge für die Arbeiter erledigt, Tabak für sie geholt oder heißen Kaffee aus der Kantine, wo man ihn später für einige Zeit als Tellerwäscher und zum Putzen einstellte, bis er schließlich als Wächter beschäftigt wurde, weil der Alte, der den Posten innegehabt hatte, eines Morgens tot aufgefunden worden war.

Er arbeitete nachts, lief mit einer Laterne in der Hand regelmäßig seine Runden und mußte dabei auch auf einem schmalen Steg über eine Art Kanal balancieren, auf dem ihm jedesmal schwindlig wurde. Dafür kam er in den Genuß einer Hütte mit einem kleinen Ofen, den er heizte, bis das Metall rot leuchtete und seine Haut glühend heiß wurde. Er hoffte, auf seinem Rundgang nicht zu frieren, wenn er sich auf diese Weise einen Wärmevorrat verschaffte, mußte feststellen, daß genau das Gegenteil eintrat, konnte es aber nicht lassen, in der nächsten Nacht wieder dasselbe zu tun.

Da er seiner Schwester seine neue Adresse nicht mitgeteilt hatte, schrieb sie ihm nicht mehr, und so hörte er nichts mehr von seiner Familie, wußte nicht einmal, wer noch lebte und wer gestorben war. Sein Ziel war, soviel Geld zusammenzusparen, daß er die Überfahrt auf einem der Schiffe bezahlen konnte, die er fast jeden Tag nach Amerika auslaufen sah.

Wenn er erst einmal dort war, so malte er sich aus, würde alles vorbei sein. Wieso und warum, fragte er sich nicht. Es war ein Schlußstrich, den er in seiner unbekannten Zukunft zog, eine Grenzlinie, jenseits deren sein Leben ganz anders aussehen würde.

Nach drei Jahren, von denen er sechs Monate mit einer nicht heilen wollenden Rippenfellentzündung im Krankenhaus lag, war es soweit.

Als er in New York an Land ging, war er abgemagert und hatte Angst, die Einwanderungsbehörde könnte ihn aus gesundheitlichen Gründen abweisen. Er hatte seinen richtigen Namen angegeben, Elias Waskow, da er sonst keinen Paß bekommen hätte; bei der Paßbehörde hatten sie ihm keine Fragen über den Vorfall in Lüttich gestellt; anscheinend wurde er von niemandem gesucht.

Da er nicht wußte, wohin er sich wenden sollte, hatte er in der ersten Nacht in einem CVJM-Heim in der 14. oder 15. Straße geschlafen, Downtown, wo es von Juden und Ausländern wie ihm wimmelte und er dauernd zusammenzuckte, weil er jemand Jiddisch sprechen hörte. Hier fühlte er sich nicht so fremd wie in Hamburg. Er war nicht neugierig darauf, den Rest der Stadt kennenzulernen, fand sofort Arbeit als Tellerwäscher in einem Restaurant und wagte sich monatelang nicht aus dem Viertel heraus.

Auch in Lüttich, als er bei Madame Lange wohnte, hatte er den vertrauten Umkreis kaum je verlassen. Es war ihm vorgekommen, als drohe ihm Gefahr, wenn er sich unglücklicherweise einmal zu weit von zu Hause entfernte, und selbst das Haus war ihm noch zu groß gewesen, er nistete sich in der Küche ein, dicht am Herd, in der stickigen Hitze, in der er den größten Teil seiner Zeit verbracht hatte.

Hier machte er es nicht viel anders, pflegte mit niemandem Umgang und schmiedete nicht einmal Pläne. Er wußte nur, daß er eines Tages, wenn das Glück ihm hold war, in einer Gegend wohnen würde, in der es keinen Winter gab, wo er das ganze Jahr hindurch die Wärme der Sonne genießen konnte.

Aber bis dahin würde es noch lange dauern. Erst einmal mußte er die Sprache lernen, denn nicht ganz Amerika bestand aus Leuten, die Jiddisch oder Polnisch sprachen. Er hatte sich ein Wörterbuch und eine Grammatik gekauft. Bei der Arbeit, während er das Geschirr wusch, die Hände im fettigen, aber heißen Wasser, hörte er den Leuten um sich herum zu und prägte sich immer mehr Wörter ein.

Als er eines Tages aus Neugier in einem Telefonbuch blätterte, machte er eine verblüffende Entdeckung. In Wilna hatte er keine anderen Familien mit Namen Waskow gekannt, er wußte nur, daß sein Vater ein paar Vettern in Litauen hatte. Hier jedoch stand der Name Waskow gleich mehrmals im Telefonbuch, und genauso war es mit den meisten anderen Namen, die ihm in seiner Kindheit vertraut gewesen waren.

Er wohnte in einem billigen Hotelzimmer, in dem es wie in jedem New Yorker Hotel ein Rezeptionsbüro gab. In der Halle war es dunkel, die Lampen brannten den ganzen Tag. Eines Abends, als er am Geschäftsführer, einem Deutschen namens Goldberg, vorbeiging, schien dieser auf ihn gewartet zu haben.

»Was würden Sie davon halten, hier als Nachtportier zu arbeiten?«

Er hatte in einem ganz ähnlichen Kabuff gesessen wie

jetzt in Carlson-City, mit einem Fernsprechschrank, einem Schlüsselbrett und den Fächern für die Post der Hotelgäste, nur war es dort schmutziger und enger gewesen.

Auch in New York waren die Winter kalt, beinahe so kalt wie in Hamburg. Die Heizung ließ sich nicht regulieren, niemand konnte etwas dagegen tun, und so war es abwechselnd stickig heiß und eisig kalt.

Er war geduldig, vertrug auch das Essen, das schlecht, aber so reichlich war, wie er es nie zuvor erlebt hatte, und träumte nun davon, irgendwann einmal die gleiche Funktion in einem Hotel in Miami auszuüben. In Florida würde er es endlich das ganze Jahr über warm haben, und wenn er erst einmal dort war, brauchte er nie wieder woandershin zu gehen.

Es warm haben und sich satt essen können, bis der Magen spannte und der Kopf schwer wurde! Er sah, wie die Leute tranken, rosige Gesichter und glänzende Augen bekamen und sich immer schwerfälliger bewegten. Das gleiche Wohlbehagen, das gleiche Gefühl der Sattheit und des Geborgenseins stellte sich bei ihm ein, wenn er aß, besonders wenn es dabei um ihn herum schön heiß war. Seit seiner Abreise aus Lüttich hatte es ihn nicht ein Mal gereizt, ein Mathematikbuch aufzuschlagen, er konnte nicht mehr verstehen, daß er jahrelang seine Zeit und Kraft dem Studium gewidmet hatte.

»Sie sind gebildet, was?«

Er wußte nicht, was er auf diese Frage des Geschäftsführers antworten sollte.

»Wenn Sie ein bißchen Ahnung von Buchhaltung hätten, könnten Sie nachts die Buchführung machen, und ich würde Ihnen zehn Dollar Lohnerhöhung geben.«

Um besser zu verdienen und damit Florida näher zu kommen, hatte er sich ein gebrauchtes Handbuch der Buchführung gekauft. Eine Woche genügte ihm, um sich ausreichende Kenntnisse anzueignen, und man vertraute ihm die Geschäftsbücher an. Ein Jahr später war das Hotel verkauft und abgerissen worden, um einem Bürogebäude zu weichen. Der Geschäftsführer fand eine Stelle in Chicago. Elias ging mit ihm und arbeitete schon wenige Tage später in einem anderen Hotel.

Auch hier standen mehrere Waskows, Malewitz' und Resnicks, wie Lola, im Telefonbuch. Beunruhigt schlug er unter Z nach, fand auch einige Zograffis, keiner jedoch hieß mit Vornamen Michael oder Mikhail.

Beinahe hätte er das Klingeln des Telefons überhört. Was ihn aus seinen Grübeleien riß, war Chavez, der an die Rezeption gestürzt kam.

»Rezeption.«

Am Apparat war die Nummer 66, die Stimme von Jensen.

»Würden Sie mir bitte den Geschäftsführer hinaufschicken?«

Elias wandte sich zu Chavez, der wartend neben ihm stand:

»Sie sollen in die Nummer 66 hinaufkommen.«

Als Manuel am Spiegel vorbeikam, rückte er seine Krawatte zurecht, fuhr sich mit dem Kamm durch die Haare und trat dann in den Aufzug. Gonzales schloß die Tür. Im selben Augenblick klingelte das Telefon, eine Frauenstimme sagte:

»Verbinden Sie mich bitte mit Mister Zograffi.«
»Wer ist am Apparat?«
»Mrs. Carlson.«
»Augenblick. Ich sehe nach, ob er im Zimmer ist.«
Er steckte den Stöpsel ein.
»Mrs. Carlson möchte Mister Zograffi sprechen.«
Elias war erleichtert, als er Jensens Stimme hörte:
»Verbinden Sie.«
Er hatte Angst gehabt, mit Mikhail selbst sprechen zu müssen. Am meisten fürchtete er sich seit heute mittag davor, die Stimme zu hören, die man ihm geschildert hatte, diese zischende Stimme, die sich wie siedendes Wasser anhörte.

Mikhail hatte ihn nicht weiter beachtet, hatte nicht versucht, mit ihm zu sprechen, aber daß er ihn nicht erkannt hatte, war unmöglich, so dick Elias auch geworden war. Außerdem hatte er in seinen Augen etwas wie ein leichtes Flackern gesehen. Elias hätte schwören mögen, daß es nicht so sehr die Überraschung gewesen war, ihn zu sehen, sondern daß Mikhail genau wie er damit gerechnet hatte, ihm eines Tages irgendwo auf der Welt wiederzubegegnen. Was ihn gewundert hatte, war sicher nur, Elias so rund und rosig, mit einem Doppelkinn und dicken, glänzenden Backen an der Rezeption eines Hotels in Arizona anzutreffen.

Was hatte Mikhail gedacht? Irgendwie mußte er reagiert haben. Elias war in diesem Augenblick zu aufgeregt gewesen, um es beurteilen zu können, hypnotisiert von diesem Gesicht, dessen untere Hälfte an jenem Abend vor sechsundzwanzig Jahren nichts als ein blutiges Loch gewesen war.

Haß glaubte er in Zograffis Augen nicht bemerkt zu haben. Mikhail hatte sich von beiden am meisten verändert, sein Blick vor allem, der Menschen und Dinge jetzt mit furchterregender Eindringlichkeit fixierte, während er früher so unbeschwert und heiter gewesen war.

»So schöne Augen bei einem Mann, das ist doch pure Verschwendung«, hatte Madame Lange öfters gesagt.

Was hatte Zograffi empfunden, als er Elias erkannte? Er hatte sich nicht abgewandt, hatte kein Wort gesagt. Kurz danach war er in sein Appartement hinaufgegangen, und seitdem schien er sich um nichts als um seine Geschäfte zu kümmern. Ob er das Telefongespräch mit Mrs. Carlson wohl selbst führte?

Elias hätte mithören können, dann hätte er es gewußt. Er tat es nicht, und nach ein paar Minuten erlosch das Kontrollämpchen über dem Stecker und zeigte an, daß das Gespräch beendet war.

Als Chavez wieder herunterkam, beendete er zunächst das im Aufzug begonnene Gespräch mit Gonzales, und Elias hatte den Eindruck, als ob er ihn dabei von weitem seltsam ansähe.

Wieder an der Rezeption lehnend, sagte der Geschäftsführer:

»Sie brauchen einen großen Tisch, um die Pläne auszubreiten. Gonzales holt gerade einen der Ausziehtische für Bankette aus dem Keller.«

Das Appartement Nr. 66 bestand aus zwei Schlafzimmern, ein jedes mit Bad, einem großen und einem kleineren Salon, der sich in ein Büro verwandeln ließ.

»Was machen sie?« fragte Elias.

»Als ich hinaufkam, hat er gerade telefoniert.«
»Wer?«
»Jensen. Wenn ich recht verstanden habe, sind sie heute zum Abendessen auf die Ranch eingeladen.«

Chavez war immer noch besorgt, und zwar Elias' wegen, davon war dieser überzeugt.

»Kennen Sie ihn?« fragte er schließlich beiläufig.
»Wen?«
»Zograffi.«
»Warum fragen Sie?«
»Weil er mir zwei Fragen über Sie gestellt hat, während der andere telefonierte.«
»Hat er meinen Namen genannt?«
»Nein, ich glaube nicht. Der Angestellte an der Rezeption, sagte er.«
»Was wollte er wissen?«
»Zuerst, wieviel Sie verdienen. Ich habe es ihm gesagt. Ich konnte nicht anders, denn soweit bekannt ist, gehört das Hotel jetzt ihm. Dann wollte er wissen, wie lange Sie schon hier sind, und als ich sagte, siebzehn Jahre, sah es aus, als ob er lachte. Sicher bin ich mir nicht, es ist schwer zu sagen, weil sein Gesicht so starr ist. Wenn er spricht, merkt man, daß seine Kieferknochen zerschmettert worden sein müssen. Innen im Mund hat er Metall, und die Hälfte der Zunge fehlt.«

Elias verzog keine Miene, starrte auf das dicke Buch, das auf dem Schreibtisch lag.

»Kennen Sie ihn?« fragte Chavez noch einmal. Er wußte nicht mehr, wie er sich Elias gegenüber verhalten sollte.

»Ich glaube ja.«

»Warum haben Sie das nicht gleich gesagt?«
»Ich war mir nicht sicher.«
»Und jetzt sind Sie sich sicher?«
»Vielleicht. Ja.«
»Ist es lange her, seit Sie ihn das letzte Mal gesehen haben?«
»Sehr lange.«
»In den Vereinigten Staaten?«
»In Europa.«

Der Geschäftsführer hätte gemerkt, wenn er gelogen hätte. Außerdem hatte Mikhail vielleicht mehr gesagt. Heute abend, morgen, irgendwann konnte er wieder von Elias sprechen. Alles war jetzt möglich, und es würde Elias nicht einmal etwas nützen, sich aus dem Staub zu machen.

Der Gedanke daran war vorhin in ihm aufgekommen, die Versuchung, sein altes Auto zu holen und in Richtung Mexiko loszufahren, ohne Carlotta etwas zu sagen. Aber es war sinnlos, jetzt, wo Mikhail ihn gefunden hatte: Er brauchte nur den Telefonhörer abzunehmen, eine Personenbeschreibung durchzugeben, und schon würde man ihn diesseits oder jenseits der Grenze festnehmen und verhaften.

Nicht ein einziges Mal in den sechsundzwanzig Jahren hatte er die Neugier verspürt, das Strafgesetzbuch aufzuschlagen, er wußte ja, daß es Mikhails Recht war, an dem Tag, an dem er ihn fand, über sein Schicksal zu entscheiden. Auch ohne Gesetze, ohne Polizei wäre jede Flucht vergebens gewesen.

Und was auch kommen mochte, Elias würde sich nicht dagegen auflehnen. Er fügte sich. Er wartete.

»Sind Sie zusammen in die Schule gegangen?«

»Auf die Universität.«

Chavez wunderte sich nicht, daß sein Angestellter an der Universität studiert hatte. Ihn interessierte nur Zograffi.

»Was hat er studiert?«

»Bergbau.«

»Nun wird mir manches klar.«

Das Telefon klingelte. Elias nahm ab.

»Für Sie. Craig.«

Ohne die Frage seines Gesprächspartners abzuwarten, sagte der Geschäftsführer in den Apparat:

»Sie arbeiten droben mit den Plänen und Blaupausen, die sie im ganzen Zimmer auf dem Teppich ausgebreitet haben. Sie haben mich gebeten, einen großen Tisch hinaufbringen zu lassen.«

»Ist Hogan immer noch bei ihnen?«

»Ja.«

»Von mir war nicht die Rede?«

»Bis jetzt nicht. Ich habe den Eindruck, daß Mrs. Carlson sie für heute abend zum Essen auf die Ranch eingeladen hat.«

Craig hängte ein, wütend und enttäuscht. Er wußte nicht, was er seinen Mitarbeitern sagen sollte, die seit der Ankunft des neuen Chefs die Büros belagerten und auf Neuigkeiten warteten. Alle warteten. Auch Elias, der ein vages Unbehagen verspürte und deshalb mechanisch Pralinen aß, während Chavez angewidert zusah, wie er sie sich in den Mund stopfte.

Er rauchte nicht, und getrunken hatte er nie. Wenn andere das Bedürfnis nach einem Glas Alkohol oder einer Zigarette verspürten, füllte er sich den Magen. Auch Lola hatte damals den ganzen Tag gegessen, ohne auf Madame Langes Mahnungen zu hören, die immer wieder zu ihr sagte:

»Sie werden sehen! Mit dreißig sind Sie so dick, daß Sie nicht mehr laufen können!«

Das Komischste war, daß Carlotta genauso war. Als er sie kennenlernte, war sie nicht dicker als andere Mexikanerinnen ihres Alters und begnügte sich damit, zu den Mahlzeiten zu essen.

Sie waren drei Schwestern: Carlotta, Dolores und Eugenia. Dolores und Eugenia arbeiteten als Dienstmädchen bei den Craigs. Der Vater, ein ausgeprägt indianischer Typ, der Töpferwaren herstellte, hatte das Haus, das sie am Stadtrand bewohnten und in dem Elias bei seiner Ankunft ein Zimmer gemietet hatte, mit seinen eigenen Händen erbaut.

Da Elias im Hotel Anspruch auf Verpflegung hatte, aß er nicht mit ihnen. Er kam nur nach Hause, um zu schlafen, tagsüber, wenn er Nachtschicht hatte, nachts, wenn er am Tag arbeitete. Draußen gackerten die Hühner und scharrten in der roten Erde. In der Werkstatt hinten im Hof summte wie ein großes Insekt von morgens bis abends die Töpferscheibe. Die Sirenen des Bergwerks unterbrachen den Tagesablauf. Was aber alle anderen Geräusche übertönte, war das Geschwatze von Carlotta und ihrer Mutter, die auf der Veranda für die Nachbarn Wäsche wuschen und bügelten und alle fünf Minuten in lautes Gelächter ausbrachen.

Carlotta lachte beinahe wie Lola, ein tiefes, kehliges Lachen, das sehr sinnlich klang.

Ihre Mutter war ungeheuer dick, mit geschwollenen Beinen, und Carlotta würde eines Tages wohl genauso werden.

Er hatte sie auch nicht ihrer Reize wegen geheiratet. Als er daran dachte, sich ein eigenes Heim zu schaffen, mußte er sich nach jemandem umsehen, der ihm den Haushalt führte. Da hatten die Eltern ihm eben zu Carlotta geraten. Eine ganze Zeitlang ging sie jeden Abend nach Hause zurück, und das war sehr unangenehm für ihn gewesen, wenn er bis Mitternacht arbeiten mußte und niemand da war, wenn er nach Hause kam.

In New York war er nie allein gewesen, da hatte er hinter jeder Wand seines Zimmers Leute umhergehen und atmen hören und sogar ihren Geruch gerochen. Um nicht allein zu sein, hatte er Carlotta geheiratet, deren Verwandlung sich sehr rasch vollzog. Vor der Hochzeit war sie ein lebhaftes junges Mädchen gewesen, das den ganzen Tag auf den Beinen war und beim geringsten Anlaß lachte, daß ihre weißen Zähne blitzten.

Einen Monat später stand sie kaum noch von ihrem Sessel oder ihrem Bett auf, wo sie den ganzen Tag damit verbrachte, Radio zu hören und Süßigkeiten zu naschen. Manchmal, wenn er nach Hause kam, waren fünf, sechs Frauen im Haus und erzählten sich Geschichten, abends saßen sie auf der dunklen Veranda.

Die Mutter und die Schwestern kamen Carlotta besuchen. Aus Mexiko reisten Cousinen an, wohnten eine Woche oder einen Monat in Elias' Haus, in dem immer etwas zu essen auf dem Tisch stand.

Er hatte sich daran gewöhnt. Auch Hühner gab es

jetzt rings um das Haus und mindestens ein halbes Dutzend roter Katzen, und er mußte ständig aufpassen, daß er ihnen nicht auf die Pfoten trat.

Sie wurden beide immer dicker, Carlotta noch mehr als er, und als sie auf die Vierzig zuging, lief sie breitbeinig herum und war fast so dickleibig wie ihre Mutter.

Wieder klingelte das Telefon.

»Geben Sie mir die Nummer 242«, sagte die Stimme von Jensen.

»In Carlson-City?«

»Ja.«

Er kannte die Nummer, es war die eines Immobilienhändlers namens Murphy, eines Irländers, von dem Elias sein Haus gekauft hatte.

»Murphy?«

»Ja.«

»Bleiben Sie am Apparat. Ich verbinde.«

Sie hatten keine zehn Sätze gewechselt, da war das Gespräch schon wieder zu Ende. Murphy wohnte sechs Häuser weiter. Ein paar Minuten später kam er aufgeregt angelaufen.

»Zu Mister Zograffi«, sagte er wichtigtuerisch.

»Nummer 66. Sind Sie mit ihm verabredet?«

»Er erwartet mich.«

Elias fragte nach.

»Er soll heraufkommen.«

Chavez, der nicht mehr von der Rezeption wich, wo er eine Zigarette nach der anderen rauchte, versuchte zu begreifen, was vorging.

»Ich möchte bloß wissen, wo er von Murphy gehört

hat, diesem alten Gauner. Er kannte seine Telefonnummer, als hätten sie schon mal miteinander zu tun gehabt.«

Wieder das Telefon.

»Würden Sie bitte eine Flasche Whisky und Gläser heraufbringen lassen? Vergessen Sie das Eis nicht.«

»Soda?«

»Nein.«

Die Zeit verging langsam. Der alte Hugo gegenüber, der mit seinen schelmischen kleinen Augen das Hotel beobachtete, war den ganzen Tag von einer Schar Leute umringt.

Am ratlosesten und unglücklichsten war Craig, der sich so viel Mühe gegeben hatte, seine besten Mitarbeiter in Carlson-City zu halten, und dem man nun nicht den leisesten Wink gab.

Gegen halb fünf traf noch jemand ein, ein Viehzüchter, der eine Ranch etwa zehn Meilen unterhalb der Stadt besaß.

»Zu Mister Zograffi!«

»Werden Sie erwartet?«

»Das nehme ich an. Er hat mir telegrafiert, daß ich heute nachmittag zu ihm kommen soll.«

Es stimmte. Jensen gab Order, ihn hinaufzuschikken. Eine halbe Stunde später verlangte er eine weitere Telefonnummer, die des Rechtsanwalts Delao, der ein enger Freund von Craig war. Delao drückte Chavez, den er ebenfalls kannte, nur rasch im Vorbeigehen die Hand, verriet ihm nichts, machte keine Andeutung hinsichtlich des Zwecks seines Besuchs in der Nummer 66.

Eine Viertelstunde später schließlich telefonierte Delao selbst, rief in seinem eigenen Büro an, aus dem er seine Sekretärin kommen ließ, die eine Reiseschreibmaschine mitbrachte.

»Die haben die Ranch gekauft«, murmelte Chavez, der versuchte, die Puzzleteile zusammenzusetzen. »Wenn Delao seine Sekretärin herbeizitiert, dann ist klar, daß er sie ein offizielles Schriftstück tippen läßt.«

Er rief Craig an.

»Ich glaube, sie sind dabei, Ted Brians Ranch zu kaufen.«

»Ist Ted bei ihnen?«

»Ja. Und Delao. Er hat seine Sekretärin kommen lassen. Und Murphy, die alte Kanaille, ist auch da, ihn haben sie als ersten kommen lassen, und wie es aussah, war er bereits auf dem laufenden.«

»Ich komme rüber.«

Craig, ein offenherziger, ein wenig rauhbeiniger Bursche, hatte nicht mehr die Nerven, stillzusitzen und zu warten.

Er zog Chavez zur Bar.

»Ich brauche einen Schluck.«

An seinem geröteten Teint sah man, daß er schon mehr als einen getrunken hatte. Wahrscheinlich hatte irgend jemand eine Flasche mit ins Büro gebracht, um die Zeit zu vertreiben.

Er stützte die Ellenbogen auf den Tresen, während der Geschäftsführer, der nichts trank, neben ihm stand, die Halle im Blick behielt und jedesmal, wenn das Telefon läutete, zu Elias hinüberstürzte.

Craig trank mit immer finsterer Miene zwei doppelte

Whisky und schlug schließlich mit der Faust auf die Theke.

»Wir werden schon rauskriegen, was er im Sinn hat!« rief er mit seiner volltönenden Stimme und steuerte auf die Rezeption zu.

»Verbinde mich mit der Nummer 66!« befahl er Elias.

Dann, mit dem Hörer in der Hand:

»Jensen? Ich muß den Chef sprechen!«

Von seinem Platz aus hörte Elias Jensens ruhige Stimme aus dem Hörer.

»Sie scheinen zu vergessen, daß ich bis auf weiteres immer noch der Direktor der Gesellschaft bin... Wie bitte? Was?«

Er war in Schwung gekommen. Fast sah es aus, als wolle er einen Skandal machen, dann sah man, wie er sich allmählich beruhigte, seine Stimme wurde leiser, er nickte mit dem Kopf und murmelte:

»Ja... Ja... Verstehe... Ja...«

Und schließlich:

»Abgemacht. Morgen um zehn. Ich werde dasein.«

Als ob die anderen nicht mitgehört hätten, wiederholte er:

»Morgen um zehn gehe ich zu ihnen.«

Er tat wichtig und gab sich, als sei er auf dem laufenden, dabei war klar, daß er nicht mehr wußte als Elias oder Chavez.

Er ging in die Bar zurück. Der Geschäftsführer ging diesmal nicht mit. Als erster kam der Rancher Ted Brian herunter, in Begleitung von Delao und dessen Sekretärin.

»Trinken wir etwas?« schlug er mitten in der Halle vor.

»Nicht hier«, entgegnete Delao.

»Habe ich das nicht gut gemacht?«

»Wir reden gleich darüber.«

Etwas später trat Murphy mit verzückter, geheimnisvoller Miene aus dem Aufzug und schüttelte Chavez ausgiebig die Hand.

»Das ist ein Kerl!« vertraute er ihm voller Bewunderung an.

Abends um sechs rief Craig, der betrunken war, seine Frau an, um ihr zu verkünden, daß er nicht zum Abendessen käme. Sie machte sich Sorgen wegen seines Zustands, er aber sagte immer wieder:

»Keine Angst! Ich weiß schon, was ich tue. Du wirst sehen, das letzte Wort habe ich.«

Mit unsicherem Gang kehrte er an die Bar zurück und sah den Chauffeur, der gerade ein Gläschen trank, herausfordernd an. Ohne ein Wort musterte er ihn von Kopf bis Fuß, während Mac, der Barkeeper, ihm Zeichen machte, ruhig zu bleiben.

Um Viertel nach sechs fuhr die Limousine vor. Wenige Minuten später wurde aus der sechsten Etage der Aufzug gerufen, und Gonzales stürzte los.

Zograffi trat als erster heraus, mit verschlossener Miene, untadelig in einer schwarzen Hose und einer cremefarbenen Smokingjacke. Während Jensen, auch er im Smoking, den Schlüssel zur Rezeption brachte, blieb er mitten in der Halle stehen, ohne irgend jemanden anzusehen, und rauchte eine flache Zigarette, deren Geruch Elias erkannte, darauf hätte er geschworen.

Gonzales stieß die Drehtür auf. Dick, der Chauffeur, der auf dem Gehsteig wartete, öffnete den Wagenschlag und schloß ihn wieder.

Gerade waren die Lampen eingeschaltet worden. Der Himmel war am Horizont noch violettrot, die Berge lavendelblau.

Das Auto fuhr lautlos die abschüssige Straße hinunter, und alle Blicke folgten ihm.

Nur Elias war nicht von seinem Stuhl aufgestanden, um es abfahren zu sehen. Er war rot übergossen. Schweiß perlte ihm über die Stirn.

Mikhail hatte ihn keines Blickes gewürdigt.

3

Elias' Plädoyer

Um sieben Uhr trat Chavez' Frau aus dem Lift, verharrte einen Augenblick, um mit den Wimpern klimpernd über die nahezu menschenleere Halle zu blicken, so wie sie auf der Schwelle eines Salons stehengeblieben wäre, in dem alle Augen auf sie gerichtet sind.

Sie war die Schönste in Carlson-City, darin waren sich alle einig, und sie wußte es. Sie wußte auch, daß einer ihrer wirkungsvollsten Reize ihr kindlicher Gesichtsausdruck war, und riß übertrieben unschuldsvoll die Augen auf, wenn man mit ihr sprach.

Ihr Gatte stürzte zu ihr, führte sie am Arm in den Speisesaal, wo sie rechts vom Eingang ihren Tisch hatten.

Sie verbrachte jeden Tag viele Stunden damit, sich schön zu machen, pflegte hingebungsvoll, ohne es je leid zu sein, ihr Gesicht, ihr Haar, ihre Hände, jeden Teil ihres Körpers, den sie mittlerweile genauso anbetete wie ihr Mann. Die übrige Zeit lag sie auf dem Sofa und las Romane. Da sie sich nicht daran gewöhnen konnte, sich anders als halbnackt durch die Wohnung zu bewegen, verlangte Chavez von ihr, daß sie die Tür abschloß, und schlich sich öfters hinauf, um nachzusehen, ob sie es auch getan hatte.

Zuweilen lehnte sie mit einem auf der Brust übereinandergeschlagenen Morgenmantel am Fenster und verfolgte das träge Hin und Her drunten auf der Straße.

Manchmal bemerkte ihr Mann sie, wenn er zu Hugo hinüberging, um seine Zeitungen oder Zigaretten zu holen, und dann sah man, wie er ihr Zeichen machte, hineinzugehen und die Fensterläden zu schließen, denn sogar die Blicke, die die Männer auf sie werfen könnten, machten ihn eifersüchtig.

Als vor einem Jahr ein Film in den Bergen gedreht wurde und der Hauptdarsteller sechs Wochen lang im Hotel logierte, hatte Chavez ihr verboten hinunterzukommen, und sei es auch nur zum Abendessen, das sie in dieser Zeit gemeinsam oben in ihrem Appartement einnahmen. Die Zimmermädchen behaupteten, er habe den Schlüssel während der ganzen sechs Wochen in seiner Hosentasche gehabt.

Elias bekam sein Abendessen hinter der Rezeption auf einem Tablett serviert. Als er aufgegessen hatte, rief er Emilio an, der am anderen Ende der Stadt wohnte und um acht Uhr kommen sollte, um die Nacht über seinen Platz einzunehmen.

»Sie brauchen mich nicht abzulösen, Emilio. Ich bleibe heute nacht hier«, sagte er leise zu ihm.

»Sie können doch nicht vierundzwanzig Stunden am Stück an der Rezeption sitzen.«

»Ich habe sowieso nicht vor zu schlafen.«

»Stimmt es, daß der neue Boss gekommen ist?«

»Ja.«

»Wie ist er?«

»Weiß nicht.«

»Na gut. Ich mache morgen die Tagschicht. Danke.«

»Das wird nicht nötig sein.«

Er wollte sich nicht vom Hotel entfernen. Er hielt es für ausgeschlossen, daß Mikhail ihm nicht etwas zu sagen hatte, irgend etwas, ihm nicht irgendeine Botschaft zukommen lassen würde. Elias hatte Verständnis, daß seine Geschäfte ihm bisher keinen freien Augenblick gelassen hatten. Und trotzdem hatte er eine Möglichkeit gefunden, zwei Fragen über ihn zu stellen. Nur zwei Fragen, und am meisten verwirrte ihn die erste davon. Warum fragte Zograffi, höchstwahrscheinlich der neue Besitzer des Hotels und des Bergwerks, wieviel er verdiene? Sogar Chavez, der nichts von ihrer beider Vergangenheit wußte, hatte sich darüber gewundert. Und warum hatte Mikhail ihn nicht angesprochen, ihn kaum eines Blickes gewürdigt?

Vielleicht würde es heute nacht, wenn er von der Ranch zurückkam, ganz anders verlaufen, besonders wenn sich Elias möglicherweise allein in der Halle befand.

Zumindest eine Frage mußte Mikhail ihm doch stellen: »*Warum?*«

Denn er wußte nicht, warum Elias es getan hatte, dessen war sich Elias sicher, er erinnerte sich an den erstaunten Ausdruck, den er in den Augen seines Kameraden gesehen hatte, als er auf ihn schoß.

Elias wollte es ihm erklären. Denn er wußte es. Sechsundzwanzig Jahre lang hatte er darüber nachgedacht, was er an dem Tag, an dem er Mikhail gegenüberstehen würde, zu ihm sagen wollte, und jetzt war dieser Tag gekommen. Er wollte es rasch hinter sich bringen. Zograffi wußte wahrscheinlich gar nicht, wie grausam es von ihm war, ohne ein Wort an der Rezeption vorbeizugehen. Er machte sich falsche Vorstellungen. Sobald er Elias eine Gelegenheit gab, sich zu rechtfertigen, würde er alles verstehen.

Daß er der neue Besitzer von Carlson-City war, spielte dabei kaum eine Rolle. Auch wenn er irgend jemand anders gewesen wäre, ein Bettler auf der Straße, wäre die Situation die gleiche gewesen.

Beinahe hätte er vergessen, Carlotta anzurufen.

»Hallo! Bist du's?« sagte er im gleichen Ton, in dem er mit Emilio gesprochen hatte.

Am anderen Ende der Leitung vernahm er Musik. Sie hörte gerade Radio oder spielte Schallplatten ab.

»Was gibt's? Kommst du nicht nach Hause?«

»Nein. Ich bleibe heute nacht im Hotel.«

»Verstehe. Der neue Besitzer ist gekommen.«

Die ganze Stadt wußte es schon. Seine Frau stellte ihm die gleiche Frage wie Emilio:

»Wie ist er?« und fügte hinzu: »Stimmt es, daß er Brians Ranch gekauft hat?«

»Ich glaube ja.«

»Wirst du ein bißchen schlafen können?«

»Bestimmt.«

Nachts gab es für den Angestellten an der Rezeption stundenlang nichts zu tun, und wer gerade Dienst hatte, pflegte die Kette an der Tür vorzulegen und in einem der Ledersessel zu dösen. Emilio zog dazu immer die Schuhe aus.

Als Chavez aus dem Speisesaal kam, war er überrascht, daß Elias keine Anstalten machte zu gehen.

»Ist Emilio krank?«

»Ich habe ihn angerufen und ihm gesagt, daß er nicht kommen soll. Ich möchte heute nacht hierbleiben.«

Celia stand hinter ihrem Mann, der Elias beunruhigt ansah.

»Haben Sie sich gut mit ihm verstanden, damals auf der Universität?«

»Warum?«

»Weiß nicht. Es ging mir nur so durch den Kopf.«

Die ehemaligen Beziehungen zwischen dem neuen Chef und dem Mann an der Rezeption beschäftigten ihn. Er spürte dunkel, daß es da etwas gab, das man vor ihm verbarg. Dennoch sagte er achselzuckend:

»Wie Sie wünschen. Ich gehe mit meiner Frau ins Kino. Ich glaube nicht, daß sie vor elf von der Ranch zurückkommen.«

Er gewahrte Craig, der allein an der Bar stand, ging hinüber, faßte ihn am Arm und verfrachtete ihn in sein Auto, um ihn zu Hause abzusetzen. Celia ging hinter ihnen her, ohne Fragen zu stellen. Da keine Gäste mehr da waren, schloß der Barkeeper seine Tür ab und ging. Zwei Hotelgäste waren noch aus, zwei weitere begaben sich auf ihre Zimmer, während Elias und Gonzales mehr als zehn Meter voneinander entfernt allein in der Halle zurückblieben.

Die Bücher waren auf dem neuesten Stand. Es gab nichts zu tun als dazusitzen, stundenlang, die ganze Nacht hindurch.

Elias lehnte sich mit halb geschlossenen Augen in seinem Stuhl zurück und wiederholte im Geist noch einmal die Worte, die er sagen würde, wenn man ihm endlich zu sprechen erlaubte.

Was aus Louise geworden war, wußte er nicht, er rechnete aus, daß sie jetzt fünfundvierzig oder sechsundvierzig sein mußte, älter als Carlotta. Eine reife Frau. Vielleicht war sie verheiratet und hatte Kinder? Vielleicht hatte sie einen Rückfall erlitten und war in ein Sanatorium eingewiesen worden? Obwohl Madame Lange es immer heftig abgestritten hatte, war er überzeugt, daß sie an Knochentuberkulose litt.

Madame Lange war jetzt eine alte Frau. Es hätte ihn allerdings nicht überrascht zu hören, daß das Haus noch genauso war wie früher, nur daß im rosa, im gelben, im grünen Zimmer jetzt andere Untermieter wohnten und im ehemaligen Salon, aus dem das granatrote Zimmer geworden war und wo Grünpflanzen in Kupfertöpfen auf der Fensterbank standen, vielleicht – wer weiß – ein Pensionär, der reicher war als seine Kameraden.

Von seiner ganzen Vergangenheit war dies beinahe der einzige Abschnitt, der in seiner Erinnerung noch einigermaßen lebendig war, und manchmal, wenn er Carlotta ansah, sagte er sich, daß sie zugleich Louise und Lola ähnlich war.

Plötzlich kam ihm der erschreckende Gedanke, daß Mikhail, der seinem Leben in Lüttich ein Ende gemacht hatte, nun auch seinem Leben in Carlson-City ein Ende machen, ihn zwingen könnte, auch von hier wegzugehen. Bei diesem Gedanken erfaßte ihn eine physische Angst, die unerträglicher war als die Kälte in Hamburg und Altona, als die noch kälteren Nächte auf den Docks. Die Aussicht, noch einmal woandershin gehen zu müssen, erfüllte ihn mit Panik, alles in ihm wehrte und sträubte sich dagegen, während er ganz allein in seiner Ecke saß, die glänzende Stirn schweißbedeckt.

Das durfte man nicht von ihm verlangen. Er hatte für seinen Platz hier so teuer bezahlt, wie ein Mensch nur bezahlen kann.

Mikhail würde Verständnis haben. Er mußte Verständnis haben. Elias würde ihm alles sagen, seine Gedanken, Gefühle und Empfindungen vor ihm bloßlegen, und diese seine Blöße würde anrührender sein als Louises Blöße an jenem Sonntag, als er sie fotografierte.

Zograffi mußte es erfahren, er mußte wissen, daß Elias nichts mehr vor sich hatte, daß er vor dem absoluten Nichts stand.

Alles durfte man ihm antun. Ihm jede beliebige Strafe auferlegen. Aber ihn zum Gehen zwingen, nein, das nicht. Dazu war er außerstande. Lieber würde er sich an den Bordstein setzen und in der Sonnenhitze zugrunde gehen.

Er war müde. Hatte dieses Wort für andere, für einen Mann wie Zograffi, auch so eine schreckliche Bedeutung wie für ihn?

Das Telefon schrillte, ein Anruf aus New York, die Stimme einer Frau.

»Ist dort das Carlson-Hotel? Ich möchte Mister Zograffi sprechen.«

»Er ist im Augenblick nicht hier.«

»Ist er noch nicht gekommen?«

»Doch. Aber er ist ausgegangen.«

»Hat er nicht gesagt, wann er zurückkommt?«

»Wir erwarten ihn nicht vor dem späten Abend. Soll ich ihm etwas ausrichten?«

»Nicht nötig. Ich rufe wieder an.«

Es war eine junge Stimme ohne ausländischen Akzent. Er fragte sich, ob Mikhail wohl verheiratet war, und das warf weitere Fragen auf. Seltsam, daß er ihn in Gedanken mal Mikhail und mal Mister Zograffi nannte, Zograffi öfters als Mikhail, wahrscheinlich wegen seines Blicks, der sich so verändert hatte.

»Es ist zehn Uhr«, meldete Gonzales und pflanzte sich vor der Rezeption auf.

»Sie können gehen.«

Seit im Bergwerk nicht mehr gearbeitet wurde, beschäftigte man nachts in der Halle keinen Hoteldiener, und wenn ein Gast spät zurückkehrte, bediente der Angestellte an der Rezeption auch den Aufzug.

»Glauben Sie nicht, daß ich hierbleiben sollte?«

»Wieso?«

»Wegen dem neuen Chef.«

»Ist nicht nötig.«

»Hat Mister Chavez das gesagt?«

»Ich übernehme die Verantwortung.«

Gonzales ging in den Umkleideraum und zog sich um. Als er die Halle durchquerte, trug er eine abgewetzte Hose und einen verbeulten Strohhut, in dem er erbärmlich aussah.

»Gute Nacht.«

»Gute Nacht.«

Jetzt war es so gut wie sicher, daß er Zograffi und seinen Begleiter in die sechste Etage hinauffahren mußte und sie sich im Aufzug zumindest einige Augenblicke lang gegenüberstehen würden.

Er ärgerte sich, daß Chavez und seine Frau frühzeitig

nach Hause kamen. Da sie gemeinsam hinauffuhren, hoffte er, der Geschäftsführer würde gleich ins Bett gehen. Im Vorbeigehen hatte er einen Blick auf die Uhr geworfen und gefragt:

»Nichts?«

»Nichts. Die anderen sind alle da.«

Eine halbe Stunde verging, und Chavez kam wieder herunter, das Gesicht mit Lippenstift beschmiert. Als er am Spiegel vorbeikam, in den er jedesmal einen Blick warf, bemerkte er es, wischte ihn mit seinem Taschentuch weg und stellte sich an die Rezeption, als habe er vor, länger dort zu bleiben. Zunächst schwiegen beide.

»Wissen Sie, ob er verheiratet ist?« fragte der Geschäftsführer schließlich.

»Als ich ihn kennenlernte, war er es nicht.«

Dann fiel ihm der Anruf aus New York ein.

»Vor etwa einer Stunde hat eine Frau nach ihm gefragt.«

»Hat sie ihren Namen genannt?«

»Sie sagte, sie ruft wieder an.«

»Droben steht ein Foto auf dem Kaminsims, von einer bildschönen Frau, dunkelhaarig, fremdländischer Typ. Es sieht aus, als ob es alt wäre, seine Frau kann es nicht sein.«

»In einem silbernen Rahmen?«

»Ja.«

»Ist nicht auch ein Foto von einem Mann dabei?«

Chavez sah ihn überrascht und argwöhnisch an.

»Doch. Ein Mann, der ihm verblüffend ähnlich sieht. Sein Vater und seine Mutter, nehme ich an?«

»Ja.«

»Waren sie reich?«

»Der Vater war Tabakhändler und besaß Tabakläden überall im Balkan und in Ägypten.«

»Ob sie wohl rechtzeitig fliehen konnten?«

Warum war Elias überzeugt, daß Mikhail nicht verheiratet war? Aber stünde nicht, wenn er verheiratet wäre, noch ein drittes Foto auf dem Kaminsims, vielleicht sogar Kinderbilder?

Die Frau aus New York hatte nicht wie eine Ehefrau geklungen. Die Vorstellung, daß Zograffi Junggeselle war, erschreckte Elias, denn er dachte dabei an den künstlichen Kieferknochen, an die nur noch zur Hälfte vorhandene Zunge, an die Stimme, die nur ein Zischen war, und er, der soviel Einsamkeit erfahren hatte, entdeckte plötzlich eine andere Art von Einsamkeit.

»Warum wollten Sie unbedingt auf ihn warten?«

»Nur so.«

Er hatte jetzt richtig Angst vor der Begegnung, auf die er seit heute morgen so sehnsüchtig wartete. Chavez ging immer noch nicht zu seiner Frau hinauf. Allmählich wurde klar, daß er entschlossen war zu bleiben, bis Zograffi und sein Compagnon von der Ranch zurückkehrten.

Jetzt ging er in der Halle auf und ab, rauchte dabei Zigaretten, deren Stummel er in den Sand der Spucknäpfe versenkte, und jedesmal, wenn er an der Rezeption vorbeikam, musterte er Elias mit dem gleichen forschenden Blick.

»Haben Sie zu Ende studiert?«

»Nein.«

»Warum nicht?«

»Aus persönlichen Gründen.«

»Waren Sie arm?«

Wäre Chavez nicht dagewesen, hätte Elias sich jetzt einen Tee gemacht, denn er begann schläfrig zu werden, und die Augenlider brannten ihm. Da nur die Hälfte der Lampen eingeschaltet waren, lag ein Teil der Halle im Dunkeln.

»Da kommen sie!«

Man hörte ein Auto um die Straßenecke biegen, das tatsächlich vor dem Hotel anhielt. Eine Wagentür wurde zugeschlagen, dann eine zweite. Elias stand auf, so daß er nicht zu übersehen war, während der Geschäftsführer zur Tür eilte.

Zograffi kam als erster herein. Von weitem glich er wirklich in beinahe erschreckender Weise der Fotografie seines Vaters. Auf halbem Weg zum Aufzug blieb er stehen, und Jensen kam an die Rezeption, um den Schlüssel zu holen. Elias war fest entschlossen, wenigstens »Guten Abend« zu sagen, obwohl seine Kehle wie zugeschnürt war. Unter größter Anstrengung brachte er, an beide Männer gleichzeitig gewandt, die zwei Wörter heraus.

Mikhail sah ihn überrascht an, mit fragend zusammengezogenen Brauen, dann machte er mit unmerklichem Achselzucken eine Handbewegung, wie er sie sonst wohl für seine Untergebenen bereit hatte. Von seinem Platz aus glaubte Elias zu hören, wie er »Guten Abend« sagte.

Sicher war er sich nicht. Es war nur ein undeutliches Geräusch gewesen, eine Art Krächzen, dann verschwanden die drei Männer auch schon im Aufzug, und Chavez schloß die metallene Tür.

Zehn Minuten später rief der Geschäftsführer aus seinem eigenen Appartement an:

»Sie brauchen nichts mehr und wollen nicht gestört werden. Falls die Dame aus New York anruft, sagen Sie ihr, sie soll morgen früh nach zehn wieder anrufen.«

Stand Mikhail immer noch so spät auf wie damals, und hatte er immer noch die Angewohnheit, in Morgenrock und Pantoffeln herumzutrödeln? Wenn Elias daran dachte, hatte er wieder den eigentümlichen Geruch in der Nase, der im granatroten Zimmer herrschte, eine Mischung aus hellem Tabak und Eau de Cologne.

Er hoffte immer noch auf ein Zeichen von Mikhail. Es war gut möglich, daß er Chavez nichts hatte sagen wollen und in ein paar Minuten bei Elias anrief, um ihn heraufzubitten. Vielleicht kam er sogar selbst herunter, um zu vermeiden, daß Jensen zugegen war?

Elias verließ sein Kabuff und ging nervös in der Halle auf und ab.

Alle Hotelgäste waren zurück. Nichts hinderte ihn mehr, die Kette vorzulegen und sich auf einem der Ledersofas auszustrecken.

Nach etwa zehn Minuten trat er auf die Straße hinaus, ging auf die andere Seite hinüber und blickte vom Trottoir aus zu den oberen Etagen hinauf, wo er nur noch zwei erleuchtete Fenster sah. In der Ferne, von den Bergen her, war das Zirpen der Heuschrecken zu hören. Im Wohnviertel jenseits des Flußbetts zeichneten sich gelb leuchtend einzelne Fenster ab, zwei oder drei, aber nicht an seinem Haus. Bestimmt schlief Carlotta, wie immer mit zwei, drei Katzen auf dem Bett.

Wenn das Telefon in der Halle läutete, konnte er es von der Straße aus hören, und so blieb er lange stehen und starrte zu den Fenstern im sechsten Stock hinauf, und auf einmal waren sie ebenso dunkel wie die anderen.

Da färbten sich seine Wangen purpurrot, und die Augen brannten ihm. Das war seine Art zu weinen. Er stieß die Tür auf, legte die Kette vor, wußte nicht, wohin in der Halle, die ihm viel größer als sonst vorkam.

Schließlich trat er in den Umkleideraum, stieg die Eisentreppe zur Küche hinunter und knipste das elektrische Licht an. Das tat er oft, wenn er Nachtschicht hatte, beinahe jedesmal, und immer hatte er dabei ein schlechtes Gewissen. Er öffnete einen Kühlschrank nach dem anderen, aß, was er fand, einen Hähnchenschenkel, Käse, Sardinen, von denen es immer eine große offene Dose gab, und füllte sich, bevor er wieder hinaufging, die Taschen mit Obst.

Er hätte sich wie Emilio für die Nacht eine kalte Mahlzeit zubereiten lassen können. Er hatte Anspruch darauf, aber er kam gar nicht auf den Gedanken, und wenn der Küchenchef am nächsten Morgen zeterte, weil Lebensmittel verschwunden waren, hütete er sich zuzugeben, daß er es gewesen war.

Wie in den anderen Nächten aß er im Stehen, spitzte die Ohren, voller Angst, ertappt zu werden.

Er aß auch noch, als er wieder auf der Treppe war, würgte den letzten Bissen unzerkaut hinunter, weil ihm eingefallen war, daß droben plötzlich Mikhail vor ihm stehen könnte.

Aber es war niemand in der Halle. Mißtrauisch machte er eine Runde, als erwarte er, daß jemand hinter einem der Sessel kauerte.

Früher oder später mußte er seine Chance bekommen. Er war zu müde, um sich noch länger auf den Beinen zu halten. Außerhalb seines Kabuffs fühlte er sich nicht sicher, verbrachte den Rest der Nacht lieber auf seinem unbequemen Stuhl als in einem Sessel draußen in der Halle.

Das war auch eines der Dinge, die er erklären mußte, denn er wußte nicht, ob die anderen genauso waren wie er: Er brauchte einen Platz, wo er zu Hause war.

Vielleicht war das, so lächerlich es klingen mochte, der Grund, warum alles so gekommen war? Aber das würde er nicht gleich am Anfang sagen. Als erstes, denn das war der wichtigste Punkt, kam dieser Satz:

»Was du auch denken magst, Mikhail, ich habe dich nie gehaßt.«

Sagte er damals »du« zu ihm? Er hatte es vergessen. Es war ein Detail, das ihm entfallen war, und das quälte ihn. War es nicht auch sonderbar, daß er sich seine Rede auf polnisch zurechtlegte?

»Ich habe es versucht. Ich habe mich wahrhaftig bemüht, Sie zu hassen, denn dann wäre es einfach gewesen. Aber ich konnte nicht. Ich habe es nicht aus Haß getan. Ich habe es auch nicht aus persönlichen Gründen getan. Ich wußte, daß Sie nichts dafür konnten, aber Sie haben mir trotzdem alles weggenommen.«

Nein, das »Sie« ging nicht. Er schloß die Augen, versuchte sich in die Atmosphäre des Eßzimmers in Lüttich zurückzuversetzen, wo er vor dem Schlüsselloch kniete.

Es gelang ihm nicht. Er sah sich am Tisch vor seinen Büchern sitzen, er hörte das Summen des Küchenherds, er erinnerte sich an Louises selbstvergessenes Profil, aber ihren nackten weißen Unterleib auf dem Bett vermochte er sich nicht mehr vorzustellen, dabei hatte dieses Bild ihn so verfolgt, daß er in seinem Zimmer hätte schreien mögen.

Es zählte auch gar nicht, das hatte er später erkannt. Louise war ganz unwichtig. Wichtig war nur...

Mikhail war jetzt eine bedeutende Persönlichkeit und geizte mit seiner Zeit. Seine Geduld zu strapazieren wäre ungeschickt. Elias mußte präzise Worte finden, sonst konnte es sein, daß Mikhail ihn wieder so ansah wie vorhin, als frage er sich, was dieser Mensch überhaupt hier zu suchen habe. War es das, was er im Sinn hatte? Verachtete er ihn so sehr, daß er ihm keine Gelegenheit geben wollte, sich zu rechtfertigen?

Er hatte ihn damals nicht angezeigt, sonst hätte die Polizei Mittel und Wege gefunden, ihn zu verhaften. Ihre Fahndungslisten werden viele Jahre lang aufbewahrt und in alle Länder verschickt. Um nach Amerika reisen zu können, hatte Elias im polnischen und im amerikanischen Konsulat vorsprechen und sich in Altona ein polizeiliches Führungszeugnis besorgen müssen, und nirgends hatte man bei seinem Anblick oder bei seinem Namen auch nur die Stirn gerunzelt.

Mikhail hatte also geschwiegen. Weil er verstanden hatte und Mitleid empfand?

Warum aber erwies er ihm dann nicht den Gefallen, einen Augenblick mit ihm zu sprechen? Den ganzen Nachmittag war er beschäftigt gewesen, schön und gut. Heute abend, als er zurückkam, jedoch nicht, und trotzdem war er schlafen gegangen, ohne die Neugier zu verspüren, Elias auch nur eine einzige Frage zu stellen.

Warum hatte er ihn so verwundert angesehen? Weil er fett geworden war und weil sich sein rotes Haar gelichtet hatte, oder weil er sein Leben an der Rezeption eines kleinen Hotels verbrachte?

Er war schuld, daß Mikhails untere Gesichtshälfte gelähmt und entstellt war, daß er nur lächerliche Geräusche von sich geben konnte und es jedem peinlich war, ihn anzusehen. Konnte man erwarten, daß er ihm deswegen nicht böse war?

»Auch mein Leben hat sich Ihretwegen verändert«, verteidigte sich Elias, *»ich war Ihnen deswegen auch böse, ich habe mich bemüht, Sie zu hassen, und beschlossen, Sie zu bestrafen.«*

Sollte Mikhail jetzt ihn bestrafen, wenn ihn das erleichterte. Es war sein gutes Recht. Er brauchte nur zu sagen, welche Strafe er forderte, Elias würde mit allem einverstanden sein.

»Nur zwingen Sie mich bitte nicht, von hier wegzugehen!«

Er konnte nicht mehr. Wenigstens dieses eine Mal sollte man ihm seinen Platz lassen. Oder ihn lieber gleich töten. Er fürchtete sich vor dem Tod. Der Gedanken, mit offenen Augen reglos am Boden zu liegen, während Leute um ihn herumliefen und ihn schließlich wegtrugen, bevor er zu verwesen begann, war noch schrecklicher als der Gedanke an die Kälte. Trotzdem, sollten sie ihn doch töten, wenn es sein mußte! Nur schnell mußte es gehen!

Mikhail konnte nicht so grausam sein, ihn absichtlich so lange warten zu lassen. Er war ein vielbeschäftigter Mann, der mannigfache Verantwortung trug.

»*Ich weiß, Sie haben andere Dinge im Kopf, Sie müssen Entscheidungen treffen, die Leute warten darauf, aber es wird Sie nur ein paar Minuten kosten, über meinen Fall zu entscheiden.*«

Es war ganz einfach. Man mußte ihm nur erlauben, seine Erklärung abzugeben.

Er hatte den richtigen Ausdruck gefunden, um Mikhails Lächeln von früher zu beschreiben, seine Heiterkeit und Unbeschwertheit, die verhinderte, daß ihm jemand etwas übelnahm. Er *spielte*, ohne es selbst zu merken. Er zertrat die Menschen unter seinem Absatz, so wie man beim Gehen Insekten zertritt, und er kannte keine Schuldgefühle, denn er kannte das Böse nicht.

»*Verstehen Sie, was ich meine? Sie waren voller Unschuld und wußten nicht, was Leiden bedeutet, Hungern, Frieren, Angst, was es heißt, sich häßlich und schmutzig zu finden und sich deswegen zu schämen. Sie haben alles für sich beansprucht, weil Sie auf alles begierig waren, und mich, der ich nichts hatte als meine Ecke in Madame Langes Küche und mein ganzes Leben dort hätte verbringen mögen, mich haben Sie...*«

Nein, das war es nicht. Der klare, so einfache Gedanke, auf den er in den langen Nächten in Altona gekommen war, wollte ihm nicht mehr einfallen. War es nicht unglaublich, daß er etwas so Wichtiges vergessen konnte? Alles war ihm so einleuchtend erschienen, und hätte er Mikhail damals vor sich gehabt, hätte er ihn ganz sicher überzeugt.

Der Begriff »Unschuld« war darin vorgekommen, aber anders formuliert. Er mußte wieder darauf kommen, es war dringend, und die Erklärung mußte schlüssig sein, denn er wollte Mikhail nichts vortäuschen und auf keinen Fall an sein Mitleid appellieren, sondern an seinen Verstand.

Was er sich wünschte, war, von Mensch zu Mensch mit ihm zu reden, offen und ehrlich zu sein, ehrlicher, als man zu sich selbst ist.

»Wir sind zwei Menschen, nichts weiter, und ich fühlte mich todunglücklich und sah mich auf einmal aller meiner Illusionen beraubt...«

Wie sollte er ihm klarmachen, daß es an dem lag, was er durch das Schlüsselloch gesehen hatte, an dem, was Mikhail mit dem kranken jungen Mädchen gemacht hatte?

Er dachte schon lange nicht mehr an Louise. Aber Mikhail würde sich bestimmt an sie erinnern und ihn fragen:

»Aber warum?«

Darauf gab es keine Antwort. Die Wahrheit war einfacher. Er würde ohne weitere Erklärung sagen:

»Ich habe versucht, Sie zu töten. Es ist mir mißlungen, ich habe Sie nur verletzt und hatte nicht den Mut, Ihnen den Gnadenschuß zu geben. Jetzt dürfen Sie sich rächen.«

Das Wort »rächen« würde Mikhail erschrecken. Es drückte auch nicht aus, was Elias dachte.

»Bestrafen Sie mich.«

So wie er ihn damals bestraft hatte. Das war klar und deutlich. Sollte Mikhail weitere Erklärungen fordern, würde er sich bemühen, sie ihm zu liefern. Und wenn es ihm nicht gelang, kam es auch nicht mehr darauf an.

Dort droben schlief er jetzt. Vielleicht gab er, wenn er durch den Mund atmete, das gleiche zischende Geräusch von sich wie beim Sprechen?

Auch die Chavez' schliefen. Alle schliefen. Auch Carlotta zu Hause, mit ihren Katzen.

Elias verlangte von niemand etwas, er wollte nur, daß man ihm sein Zuhause ließ. Auch von Louise oder Madame Lange hatte er nie etwas verlangt, er hatte sich mit der Wärme in ihrem Haus zufriedengegeben. Carlotta konnte am Anfang nicht verstehen, daß er nicht verärgert war, wenn er heimkam und der Haushalt nicht gemacht war, weil ihre Schwestern und Nachbarn zu Besuch gekommen waren.

Sie hatte sich daran gewöhnt, daß er fegte, aufräumte und oft auch das Essen kochte. Sie sah vermutlich gar keinen richtigen Mann in ihm und fragte sich, warum er unbedingt mit ihr zusammenleben wollte.

Wozu sollte er versuchen, es ihr zu erklären? Er wollte nicht allein sein, das war alles.

»Richten Sie über mich! Machen Sie schnell!«

Wenn es nur endlich vorbei wäre und er seinen Frieden hätte!

Er aß aus Protest, er wußte nicht, wogegen. Und wenn er kein Obst mehr in seinen Taschen hatte, ging er erneut in die Küche hinunter.

Den Bauch voll zu haben beruhigte ihn. Es bewies, daß er existierte.

Allmählich fielen ihm die Augen zu. Er schlief nicht, war aber doch so benommen, daß er hochfuhr, als der Tag anbrach und aus der Stadt die ersten Geräusche zu hören waren.

Er hatte den Eindruck, die schlimmste Nacht seines Lebens verbracht zu haben, und fühlte sich körperlich und seelisch wie gerädert. Er drehte sich um und sah im Spiegel seine großen graugrünen Augen, ging sich Gesicht und Hände erfrischen.

Um halb sieben begannen zwei Frauen, arme, schmächtige Mexikanerinnen, die Hotelhalle zu putzen, dann zog der Schuhputzer die eisernen Rolläden an Hugos Laden hoch, vor den ein Radfahrer wenig später einen Packen Zeitungen fallen ließ, die gerade am Bahnhof angekommen waren.

Als Elias in der Küche Lärm hörte, rief er durch die offene Tür, man solle ihm starken Kaffee heraufbringen.

Jetzt beim hellen Tageslicht wurde ihm klar, daß es noch lange dauern konnte, und er verlor die Hoffnung, daß Zograffi sich seinem Fall bald zuwenden würde. Er war jetzt ein Geschäftsmann. Für ihn war das nicht ungewöhnlich.

Emilio rief an.

»Möchten Sie nicht, daß ich Sie ablöse?«

Er zögerte. Er hatte sich fest vorgenommen, das Hotel nicht zu verlassen, ehe er sich nicht mit Mikhail ausgesprochen hatte. Jetzt fragte er sich, ob er überhaupt die Kraft dazu hatte.

Dort oben würden sie sich bald das Frühstück bringen lassen und die ersten Telefonate erledigen. Man würde Craig und wahrscheinlich noch andere kommen lassen, während Chavez, immer noch voller Sorge, den ganzen Vormittag an der Rezeption lehnen würde.

Wie groß war die Chance, daß man sich um ihn kümmerte?

»Einverstanden, kommen Sie.«

Nicht daß er aufgab. Es war nur der morgendliche Katzenjammer. Es herrschte bereits strahlender Sonnenschein, und die Luft erwärmte sich. Er hatte Lust, sich hinzulegen, die Augen zu schließen und zu schlafen. Richtig zu schlafen, traumlos, ohne an irgend etwas zu denken. Zu Hause in seinem Bett, das von Carlottas Körper noch warm und feucht war, im goldenen Licht, das durch die Jalousien sickerte, bei offenen Fenstern, mit den vertrauten Geräuschen um sich, die von draußen hereindrangen, das Gegacker der Hühner, Hundegebell, das Hupen eines Autos, die schrillen Stimmen der Frauen, die sich auf spanisch etwas zuriefen und so schnell sprachen, daß man meinte, sie müßten dabei außer Atem kommen.

Dort war er daheim. Er würde schwitzen, an seiner fetten Haut schnüffeln, sich dick und schmutzig fühlen – und feige.

Er wollte so tief in Schlaf sinken, als brauchte er nie wieder aufzuwachen, und wenn er dann die Augen aufschlug, würde er genauso voller Selbstverachtung sein, als wenn er in der Nacht zuviel getrunken hätte. Er brauchte keinen Alkohol, um betrunken zu sein und einen Kater zu haben. Sogar seine Augen sahen heute morgen aus wie Säuferaugen, und die beiden Frauen, die die Halle putzten, sahen ihn scheel an.

Es würde ein Ende haben. Er hatte immer gewußt, daß es eines Tages ein Ende haben würde. Er wehrte sich noch dagegen, weil er nicht den Mut hatte, sich damit abzufinden.

Ahnte Mikhail dort oben in der Nummer 66 überhaupt etwas davon? Würde er sich erbarmen? Würde sich eines Tages irgend jemand seiner erbarmen?

Emilio kam mit dem Fahrrad und hängte seinen Strohhut an die Garderobe. Er war hager und hatte ein braunes Schnauzbärtchen in seinem schiefen Gesicht, mit dem er wie ein Bösewicht im Film aussah.

Elias überließ ihm den Platz in der Rezeption. Emilio beugte sich über den Schreibtisch, blätterte die Meldezettel durch.

»Sind sie oben?«

»Ja.«

»Irgendwelche Anweisungen?«

»Sie wollen nicht vor zehn gestört werden, auch nicht, wenn ein Anruf aus New York kommt.«

Er konnte sich noch nicht entschließen zu gehen, nahm es sich übel, daß er einer morgendlichen Schwäche nachgegeben hatte. Jetzt wollte er nicht mehr schlafen. Er hatte das Gefühl, sich in Gefahr zu begeben, wenn er sich vom Hotel entfernte.

»Sie sehen nicht gut aus. Sie sind doch nicht krank?«

»Nein.«

»Ich habe gehört, daß er dabei ist, die Ranchs im ganzen Tal aufzukaufen, und daß er vorhat, sie mit dem Wasser aus dem See fruchtbar zu machen. Verstehen

Sie? Er will das Wasser abpumpen, um das Bergwerk wieder in Betrieb nehmen zu können. Das wird mindestens ein Jahr in Anspruch nehmen. Das Wasser soll ins Tal hinabfließen, und das bisher so gut wie wertlose Land wird plötzlich mehrere Alfa-, Erdnuß- und sogar Baumwollernten bringen. Ted Brian hat sich übers Ohr hauen lassen, heißt es, und auch andere sollen schon verkauft haben.«

Elias sah ihn mit einem so abwesenden Blick an, daß Emilio sich unterbrach.

»Interessiert Sie das denn nicht?«

Was für eine Bedeutung hatte das für Elias? Vielleicht war Mikhail Zograffi nach Carlson-City gekommen, um Geschäfte zu betreiben. Doch diese Geschäfte waren längst in den Hintergrund gerückt.

Anders konnte es nicht sein, für Mikhail genauso wie für ihn.

»Bis heute abend. Schlafen Sie gut.«

Er sah den alten Hugo, der sich bereits in seinem Sessel niedergelassen hatte und ihm ein Zeichen machte, herüberzukommen. Er tat, als hätte er es nicht gesehen, ging in den tiefer gelegenen Teil der Stadt hinunter, überquerte das neun Zehntel des Jahres ausgetrocknete Flußbett und stieg auf der anderen Seite gemächlich den Hang hinauf.

Die Haustür und sämtliche Fenster standen weit offen, so daß etwas wie ein leichter Luftzug entstand. Carlotta schlief, und er hatte Zeit, sich auszukleiden, bevor sie merkte, daß er da war. Sie sprachen meistens spanisch miteinander. Oder er sprach englisch, und sie antwortete ihm in ihrer Sprache.

»Bist du's?«

Sie rückte zur Seite, um ihm Platz zu machen. Das Bett war warm und feucht. Sie stieß eine der Katzen weg, die miauend auf den Bettvorleger rollte.

»Bis du auch nicht zu müde?«

Er betrachtete sie so gleichgültig, wie er seinen eigenen Körper betrachtete.

»Wenn ich aufstehe, kannst du besser schlafen.«

Er erhob keinen Einspruch, und sie setzte sich auf den Bettrand, kratzte sich unter dem Busen, stand schließlich auf und griff sich ihren Morgenrock, bevor sie in die Küche hinüberging.

»Siehst du ...«, würde er zu Mikhail sagen.

Hatte er ihn geduzt, oder hatte er ihn nicht geduzt? Das letzte, was er bewußt wahrnahm, war, daß Carlotta den gackernd auf sie zustürzenden Hühnern Körner hinstreute.

4

Zograffis Chance

Als Elias erwachte, hörte er auf der Terrasse die Stimmen von Carlotta und einer ihrer Schwestern, Eugenia, die mit einem mexikanischen Vorarbeiter aus dem Bergwerk verheiratet war und sechs Kinder hatte. Nur die beiden ältesten gingen schon zur Schule, die anderen hingen ihr ständig an den Röcken, was sie überhaupt nicht zu stören schien. Carlotta und sie konnten tagelang miteinander schnattern. Sie plauderten über alles mögliche, fanden immer einen Grund zum Lachen, und nur wenn Elias auftauchte, verstummten sie plötzlich.

Oft hatte er sich gefragt, ob Carlotta und ihre Angehörigen nicht ein wenig Angst vor ihm hatten. Zumindest die Frauen verloren in seiner Gegenwart ihre Unbefangenheit und Fröhlichkeit, als sei er für sie nicht nur ein Fremder, sondern ein Wesen von einer anderen Gattung, das ihnen immer ein Rätsel blieb. Dolores, die andere Schwester, hatte vier Kinder; es wären fünf gewesen, wenn nicht eins gestorben wäre, und noch mehr, wenn sie nicht beinahe jedes Jahr eine Fehlgeburt gehabt hätte.

Ihre Ehemänner machten sich hinter seinem Rücken über ihn lustig, das wußte er, und sie gebrauchten dabei ein bestimmtes Wort, mit dem sie sagen wollten, daß er gar kein richtiger Mann sei, weil Carlotta keine Kinder bekam.

Zwei von Eugenias Jungen spielten mit ihrer kleinen Schwester unter seinem Fenster; auf dem Boden hockend, vollzogen sie mit schillernden Steinchen irgendein geheimnisvolles Ritual.

Als er auf der Terrasse erschien, nachdem er sich eine Hose angezogen hatte und mit bloßen Füßen in seine Pantoffeln geschlüpft war, verstummten die beiden Frauen, genau wie er erwartet hatte, vollendeten nicht einmal den begonnenen Satz, so als fühlten sie sich ertappt. Eugenia, die zurückgelehnt in einem Schaukelstuhl saß, hatte eine ihrer Brüste aus dem roten Mieder hervorgeholt, und ihr Letztgeborener, der daran saugte, starrte Elias mit großen dunklen Augen an, so wie manche Tierkinder die Zoobesucher vor ihrem Käfig anschauen.

»Willst du etwas essen?«

Auch Carlotta saß in einem Schaukelstuhl, mit nichts anderem beschäftigt, als sich zu schaukeln und dabei zu der jenseits des Flußbetts in der Sonnenhitze daliegenden Stadt hinüberzublicken.

Er zog es vor, sich selbst etwas zu holen, lüpfte die Deckel der Kochtöpfe, öffnete den Kühlschrank. Er fand Reis mit rotem Paprika und Ziegenfleisch, wärmte sich eine große Portion davon auf und aß an einer Ecke des Tischs, an dem vor ihm schon die anderen gegessen hatten, ohne hinterher abzuräumen.

Daß es bereits zwei Uhr war, beunruhigte ihn, ohne einen bestimmten Grund, vielleicht, weil er geschworen hätte, höchstens eine Stunde geschlafen zu haben.

Carlotta kam herein, die Hände in die Hüften gestemmt.

»Gehst du wieder schlafen?« fragte sie.

Manchmal, wenn er nachts gearbeitet hatte, schlief er den ganzen Tag und stand nur zum Essen kurz auf.

Er schüttelte den Kopf.

»Gehst du wieder ins Hotel?«

Er bejahte. Es war ein Fehler gewesen wegzugehen, einem Augenblick der Müdigkeit, einer vorübergehenden Niedergeschlagenheit nachzugeben.

»Vorhin dachte ich schon, sie kämen dich holen«, fuhr sie fort.

Sie sprach darüber, als sei es völlig belanglos, als rede sie nur, um sich mit ihm zu unterhalten.

»Ungefähr um elf. Eugenia war noch nicht da. Ich saß gerade auf der Veranda, da kam ganz langsam ein großes schwarzes Auto angefahren. Vor jedem der Häuser fuhr es noch langsamer, und der Fahrer sah sich die Hausnummern an, als ob er jemand suche. Vor unserem Haus blieb er stehen, und ich sah, wie er auf dem Briefkasten den Namen las. Ich bin hinausgegangen, um ihn zu fragen, was er wolle, und er sah mich auch. Als ich nur noch zwei Meter von ihm entfernt war, gab er Gas und verschwand um die Ecke.«

»War sonst noch jemand in dem Auto?«

»Nein, nur der Chauffeur in einer schwarzen Livree.«

Das konnte nur Dick gewesen sein, der Chauffeur von Zograffi.

»Hat er vor keinem anderen Haus angehalten?«

»Nein. Ich dachte, daß du vielleicht im Hotel gebraucht wirst und man dich holen wollte.«

Er aß weiter, aber jetzt hatte er es noch eiliger wegzukommen.

»Warum, meinst du, hat er sich das Haus angesehen?«

»Weiß ich nicht.«

Er glaubte es zu wissen. Hatte Zograffi den Geschäftsführer tags zuvor nicht gefragt, wieviel Elias verdiene und seit wann er in Carlson-City lebe? Er zog weitere Erkundigungen ein. Bestimmt hatte er wissen wollen, wie Elias wohnte, und seinen Chauffeur hergeschickt.

Warum tat er das, wo es doch so einfach gewesen wäre, ihn selbst zu fragen?

»Kommst du heute abend nach Hause?«

»Ich glaube nicht.«

»Bleibst du wieder die ganze Nacht?«

Sie blickten ihm nach, als er wegging, und erst als er außer Hörweite war, erzählten sie weiter ihre Frauengeschichten.

Die Straßen waren belebter als sonst, und vor den Büros der Bergwerksgesellschaft standen Männer in weißen Hemden herum und warteten auf Neuigkeiten. Zograffis Wagen war nicht vor dem Hotel. In der Halle fläzten sich drei Spezialisten, die für Craig arbeiteten, in den Sesseln, die Hüte in den Nacken geschoben, Zigarette im Mundwinkel, und auch in der Bar waren einige Gäste zu sehen.

Den Geschäftsführer konnte Elias nirgends erblicken. Er trat an die Rezeption, hinter der Emilio auf seinem Platz saß.

»Nichts Neues?«

»Seit heute morgen herrscht ein ständiges Kommen und Gehen.«

»Sind sie weggefahren?«

»Vor einer Stunde, mit Craig und zwei anderen Ingenieuren, anscheinend wollen sie das Bergwerk besichtigen.«

»Hat jemand nach mir gefragt?«

»Nein.«

»Wo ist Chavez?«

»Er ist gerade zu seiner Frau hinaufgegangen.«

»Sie können gehen. Ich übernehme.«

»Aber doch nicht bis morgen früh?«

»Doch. Sie brauchen heute nacht nicht zu kommen. Nur möchte ich nicht, daß Chavez erfährt, daß ich es so wollte. Sie können ihm ja sagen, daß Ihre Frau sich nicht wohl fühlt.«

Sie war oft krank. Emilio wagte es ihm nicht abzuschlagen. Er freute sich zwar über die zusätzliche Freizeit, aber Elias' Verhalten beunruhigte ihn. Es war das erste Mal, daß jemand ihm anbot, ihm die Arbeit abzunehmen, und er bemühte sich, den Grund herauszufinden, ahnte, daß es mit der Ankunft des neuen Besitzers zusammenhing. Aber wie?

»Zwei neue Gäste sind gekommen, aus New York«, sagte er und deutete auf die Meldezettel.

»Ist eine Frau dabei?«

»Nein.«

»Hat auch keine Frau aus New York angerufen?«

»Doch. Um Viertel nach elf, sie wollte die Nummer 66. Sie haben länger als zehn Minuten gesprochen. Die beiden Neuen haben Zimmer 4 und 22. Sie sehen wie

Geschäftsleute oder Rechtsanwälte aus. Sie sind eine ganze Stunde lang oben in der Nummer 66 gewesen und erst zum Essen wieder heruntergekommen. Jetzt machen sie wahrscheinlich einen Mittagsschlaf, denn sie sind mit dem Nachtflug gekommen. Das wär's. Keine Abreise, keine Reservierung.«

Mit einem Blick gab er Elias zu verstehen, daß Chavez gerade die Treppe herunterkam.

»Soll ich ihm wirklich sagen...«

»Ja.«

»Mister Chavez, es tut mir leid, aber meine Frau hat gerade angerufen, daß sie wieder einen Anfall hat, und da...«

Er log gut. Trotzdem sah der Geschäftsführer Elias mißtrauisch an.

»Wollen Sie wieder Nachtdienst machen?«

Es war ihm genauso unbegreiflich wie Emilio.

Andererseits beeindruckte es ihn, daß Elias Zograffi von früher kannte. Da er nicht genau wußte, wie ihr Verhältnis in der Vergangenheit gewesen war, noch wie es in Zukunft sein würde, verhielt er sich lieber vorsichtig.

»Wie Sie wünschen.«

Emilio zog sich um und ging. Elias sah sich die Meldezettel an, trug die Namen und Beträge in eines der Bücher ein, während Chavez in seiner gewohnten Haltung mit aufgestützten Ellenbogen an der Rezeption stehenblieb.

»Haben Sie mich gestern nicht gefragt, wann er in die Vereinigten Staaten gekommen ist?«

»Kann mich nicht daran erinnern.«

Das stimmte. Seit gestern waren ihm so viele Gedanken durch den Kopf gegangen, daß er nicht mehr unterscheiden konnte, was er nur gedacht hatte und was er möglicherweise laut gesagt hatte.

»Er ist 1939 nach Amerika gekommen, zwei Monate vor Hitlers Einmarsch in Polen und zwei Monate vor Englands und Frankreichs Kriegserklärung. Wahrscheinlich hat er vorausgesehen, was geschehen würde.«

Elias wagte keine Fragen zu stellen und wartete gespannt ab, in der Hoffnung, daß sein Gesprächspartner weiterreden würde.

»Schon damals war er reich, unter anderem besaß er Anteile an den Kupferminen in Belgisch-Kongo. Er hat sich mit seiner Mutter im ›Saint-Regis‹ einquartiert und die Suite dort immer behalten, sogar nachdem er sich später ein Landgut auf Long Island gekauft hatte.«

Elias konnte es sich nicht verkneifen zu fragen:

»Hat er Ihnen das selbst erzählt?«

»Ich habe es von Hugo gehört. Einer seiner Kunden, der Bergwerke in Mexiko besitzt, vierzig Meilen von hier, hatte einmal geschäftlich mit Zograffi zu tun. Er behauptet, Zograffi sei mehr Glücksspieler als Geschäftsmann. Seinen ersten Coup landete er, indem er, kaum in Amerika angekommen, ein dickes Paket Aktien eines kanadischen Bergwerks aufkaufte, die auf dem Markt keinen Käufer fanden, zu zehn *Cent* das Stück. Acht Monate später fand man dort Pechblende, und heute werden diese Aktien mit achtzehn Dollar notiert. Ähnlich ist es mit fast allem gelaufen, was er angepackt hat.«

»Lebt seine Mutter noch?«
»Ich glaube schon. Wahrscheinlich auf Long Island.«
Er zögerte, fragte dann trotz allem:
»Ist er verheiratet?«
»Nein. Nicht, daß er nichts von Frauen hält, denn er hat ständig die schönsten Mädchen um sich, ob er nun in New York, Miami oder Las Vegas ist. Eine hat heute morgen angerufen.«
»Ich weiß.«
Es war ihm herausgerutscht; und damit gab er zu, daß er Emilio bereits gefragt hatte.
»Er spricht davon, das Hotel bis zum nächsten Winter zu modernisieren. Für morgen werden Unternehmer aus Tucson erwartet. Mrs. Carlson wird ihm wahrscheinlich ihre Ranch verkaufen, wenn sie es nicht schon getan hat. Craig bleibt Direktor des Bergwerks, und Jensen wird die Arbeiten in den ersten Monaten überwachen.«
Für Chavez war das alles sehr aufregend, und seine einzige Furcht war, der neue Besitzer könne jemand anders an seine Stelle setzen. Er belauerte Elias immer noch.
»Möchten Sie mit ihm sprechen?«
Elias errötete. Er konnte nichts dagegen tun. Er war schon immer rot geworden, wenn er sich ertappt fühlte, selbst wenn er ganz unschuldig war, und der Geschäftsführer war jetzt noch argwöhnischer, so daß er gewissermaßen seine Karten offen auf den Tisch legte.
»Ich will nicht annehmen, daß Sie die Absicht haben, Ihre alten Beziehungen auszunützen, um...«
Das war zu direkt. Außerdem war es unklug, Elias

auf den Gedanken zu bringen, wenn er vielleicht noch gar nicht darauf gekommen war.

»Würden Sie gern die Stelle wechseln?«

»Ganz bestimmt nicht.«

»Sind Sie sicher?«

»Ich sage die Wahrheit.«

Diesmal sprach er voller Überzeugung und fügte noch hinzu:

»Selbst wenn man mir eine zehnmal bessere Stelle anböte, würde ich darum bitten, an der Rezeption bleiben zu dürfen.«

Chavez wagte nicht zu fragen, weshalb. So etwas überstieg offenbar sein Begriffsvermögen. Seit diesem Gespräch strich er um Elias herum und versuchte, sich ein Bild von ihm zu machen. Elias spürte es, errötete jedesmal mit schuldbewußter Miene, wenn er sich beobachtet fühlte.

Zograffi kam um fünf Uhr zurück. Außer Jensen und Craig waren noch zwei andere Männer bei ihm. Er blieb, wie es seine Gewohnheit war, mitten in der Halle stehen. Die Männer, die in den Sesseln auf ihn gewartet hatten, erhoben sich. Craig trat hinzu und stellte sie der Reihe nach vor. Aus der Entfernung konnte Elias nicht hören, was sie sagten. Sie sahen aus, als ob sie nur ein paar Höflichkeitsfloskeln austauschten.

Als Zograffi den Kopf wandte, während Jensen den Schlüssel holen kam, kreuzte sein Blick den von Elias, und wie tags zuvor runzelte er die Brauen, schien es plötzlich sehr eilig zu haben und ging mit raschen Schritten zum Aufzug.

Elias hatte den Eindruck, etwas entdeckt zu haben,

doch es kam ihm derart verwunderlich vor, daß er sich weigerte, es zu glauben.

Konnte es sein, daß Zograffi Angst vor ihm hatte?

Als drehe er einen Film in Zeitlupe, sah er noch einmal in allen Einzelheiten vor sich, wie Zograffi von der Mitte der Halle zu Gonzales' Aufzug ging, seine Bewegungen, die Linie der Schultern, den Ausdruck seines Gesichts. Es war der Gesichtsausdruck eines Mannes, der plötzlich einen bissigen Hund erblickt und sich eilends davonmacht, eines Mannes, der von diesem Hund vielleicht schon einmal gebissen worden ist.

Das war nicht möglich. Mikhail wußte, daß Elias wehrlos war. Er hatte doch sein Gesicht gesehen, unmittelbar nachdem er den Schuß abgegeben hatte, wußte, daß er nicht imstande gewesen war, ein zweites Mal den Abzug zu drücken, nicht einmal, als er angefleht wurde, es zu tun.

Mikhail täuschte sich. Elias war nichts als ein dicker Mann, der keine anderen Ambitionen hatte, als friedlich in seinem Loch zu leben. Auch Chavez täuschte sich, wenn er sich einbildete, er wolle ihm seine Stelle wegnehmen. Er hatte es auf niemandes Stelle abgesehen, nicht einmal auf die von Zograffi, damit hätte er gar nichts anzufangen gewußt.

Er mußte es ihm sagen, sie mußten es wissen, mit diesen falschen Vorstellungen, die sie sich über ihn machten, mußte aufgeräumt werden.

Irgendwann würde Zograffi, so bedeutend er auch war, ihm doch fünf Minuten seiner Zeit schenken können. Drei Minuten wenigstens!

»*Verzeih mir, Mikhail. Es tut mir leid. Ich habe genauso darunter gelitten wie du, mehr als du. Ich werde es nicht wieder tun.*«

Klang das lächerlich? Vielleicht nicht einmal so sehr. Mikhail würde ihn verstehen. Hätte er ihn nicht verstanden, dann hätte er ihn damals, als er an dem Bretterzaun lag, nicht so angesehen, und er hätte ihn später angezeigt.

Er brauchte keine Angst zu haben. Elias' Herz war frei von Groll, frei von Neid, sogar jetzt, nachdem Chavez ihm erzählt hatte, was für ein Glückspilz sein ehemaliger Studiengenosse war. Es war zu erwarten gewesen. Mikhail spielte immer noch, nur daß es heute um Bergwerke und um das Schicksal von Tausenden ging.

Damals hatten ihn alle geliebt, und heute verließen sich alle auf ihn. Von überall her kamen sie gelaufen, um sich seiner Führung anzuvertrauen, und bald würde Carlson-City einen neuen Aufschwung erleben, aus New York waren schon Leute gekommen, andere waren auf dem Weg hierher und warteten auf seine Entscheidungen.

Es war unerhört, daß Mikhail vor ihm Angst hatte. Was befürchtete er? Daß er ihn noch einmal umbringen wollte?

War es ein Zufall, daß er seinen Chauffeur ausgeschickt hatte, in der Nähe von Elias' Haus herumzuspionieren?

Elias hatte sich gewiß getäuscht. Es war keine Angst. Er spielte nicht die Rolle eines bissigen Hundes, sondern die einer lästigen Fliege.

Es ärgerte Mikhail, jedesmal wenn er durch die Halle ging, sein rotes Gesicht und seine Glubschaugen zu sehen. Von weitem mußte Elias wie ein Bettler aussehen. Was erhoffte er sich eigentlich? Daß Mikhail ihm die Hand reichen und ihm sagen würde, daß er ihm nicht böse sei, daß er ihm längst verziehen habe, daß er sich freue, wenn Elias für ihn arbeite?

Die Wahrheit war, daß Mikhail ihn verachtete, ihn immer verachtet hatte, so sehr, daß er sich nicht einmal die Mühe machte, ihn verurteilen zu lassen. Nur aus Verachtung hatte er, als er damals mit Louise im granatroten Zimmer war, von Zeit zu Zeit einen Blick auf das Schlüsselloch geworfen, hinter dem ein elender kleiner Jude aus Wilna kniete.

Und als er ihm jetzt erneut über den Weg lief, zog er ungehalten die Brauen zusammen. Ja, das war das Wort. Er war ungehalten über Elias Anwesenheit. Er hatte andere Sorgen. Er war dabei, ganz allein, aus eigener Kraft und mit Hilfe des Vertrauens, das man in ihn setzte, eine Stadt zu neuem Leben zu erwecken, die ohne ihn sterben müßte, die noch vor zwei Tagen dem Tod geweiht schien.

Er hatte die Macht, ihn zu entlassen. Er brauchte nur nach dem Telefonhörer zu greifen und zu Chavez zu sagen: »Werfen Sie den Mann an der Rezeption hinaus.«

Dann müßte Elias gehen, die Stadt verlassen, in der ihm niemand je wieder Arbeit geben, ja ihm wohl nicht einmal mehr die Hand würde drücken wollen. Carlotta würde nicht mitkommen, denn sie brauchte ihre Schwestern und deren Kinderschar mehr als ihn.

Das Telefon klingelte. Die Nummer 66. Jensens Stimme.

»Würden Sie Mister Kahn bitten heraufzukommen?«

Das war einer der New Yorker, die heute morgen eingetroffen waren.

»Hallo, Mister Kahn? Hier die Rezeption. Mister Zograffi erwartet Sie droben.«

Die drei Männer, die Mikhail vorhin vorgestellt worden waren, feierten an der Bar ihre Zukunft, die plötzlich gesichert schien, nur weil sie in seine Nähe gekommen waren und er ihnen die Hand gegeben hatte.

Den ganzen Nachmittag herrschte ein ständiges Kommen und Gehen. Bei Hugo, der in seinem Sessel hing, ging es zu wie in einem Informationsbüro. Zu Hunderten kamen sie, um Neuigkeiten zu erfahren, warteten, bis sie an die Reihe kamen, sogar der Arzt der Bergwerksgesellschaft, der als letzter über die Geschehnisse informiert worden war und einen Blick zu den Fenstern im sechsten Stock hinaufwarf, hinter denen sich sein neuer Herr und Meister aufhielt.

Zograffi und Jensen kamen zum Abendessen nicht herunter, sie ließen sich ihre Mahlzeit in ihrem wahrscheinlich nach hellem Tabak riechenden Appartement servieren. Um acht kam Zograffi allein herunter, durchquerte die Halle, ohne auch nur einen Blick auf die Rezeption zu werfen. Sein Auto war nicht da. Er nutzte die relative Kühle des Abends, um einen kleinen Spaziergang zu machen, und die Blicke der Leute folgten ihm, doch keiner wagte ihn anzusprechen.

Als er eine halbe Stunde später wieder zurückkam,

sprang Elias auf, obwohl er gerade zu Abend aß und den Mund voll hatte, stürzte so hastig hinter der Theke hervor, daß er sich an der Hüfte stieß, lief noch zwei, drei Schritte weiter. Daß er mit seinen vollgestopften Backen lächerlich aussah, war ihm dabei ganz egal.

Mikhail sah ihn. Unmöglich, daß er ihn nicht auf ihn zustürzen sah, aber genau wie am Nachmittag beschleunigte er seine Schritte, schlüpfte in den Aufzug, und Gonzales schloß die Tür hinter ihm.

Da nahm Elias, ohne vorher aufgegessen zu haben, ein Blatt Papier, schrieb auf polnisch, ohne sich die Worte zu überlegen: *Ich muß mit Ihnen sprechen. Elias.*

Jensen war gerade in die Bar gegangen, wo er Craig und einige andere angetroffen hatte. Mikhail war allein oben in seinem Appartement, wahrscheinlich las er gerade die Zeitungen, die er bei Hugo gekauft hatte und vorhin, als er zurückkam, unter dem Arm gehabt hatte. Chavez war seit etwa einer Viertelstunde bei seiner Frau, die den ganzen Tag die Wohnung nicht verlassen hatte, weil er nicht wollte, daß Zograffi sie zu Gesicht bekam.

Zu Gonzales' Überraschung trat Elias mit seinem Brief in der Hand in den Aufzug.

»Sechster Stock!«

»Soll ich das nicht hinaufbringen?«

»Nein.«

Und droben:

»Soll ich auf Sie warten?«

»Nicht nötig.«

Der Korridor war nur spärlich beleuchtet. Die Nummer 66 hatte eine Tür mit zwei Flügeln, und in der Mitte des rechten befand sich ein Briefschlitz.

Allein vor dieser Tür zu stehen nahm Elias den Mut, und er ließ den zum Klingelknopf ausgestreckten Arm sinken, verharrte eine Weile reglos und horchte, versuchte zu erraten, was Mikhail da drinnen machte.

Er kam nicht auf den Gedanken, sich hinabzubeugen und durch das Schlüsselloch zu spähen. Das hätte er nicht fertiggebracht. Mit einer langsamen Handbewegung schob er den Umschlag, den er vorbereitet hatte, widerstrebend durch den Schlitz, hörte ihn auf der anderen Seite auf den Boden fallen.

Ein paar Sekunden vergingen, vielleicht eine Minute. Die Sprungfedern eines Sofas oder eines Sessels knarzten leise. Dann hörte er endlich das Rascheln des Briefs auf dem Parkettboden, das Geräusch zerreißenden Papiers, als der Umschlag mit dem Finger aufgeschlitzt wurde. Wenn Mikhail ihn hatte kommen hören, dann wußte er, daß er nicht wieder weggegangen war. Nur ein Meter trennte sie voneinander. Er las, kehrte nicht sofort zu seinem Sessel zurück, blieb ebenso reglos stehen wie Elias.

Würde er ihm die Gnade verweigern, die Tür zu öffnen?

So leise, daß es kaum zu hören war, stammelte Elias:

»Mikhail!«

Wieder wartete er, dann sagte er noch einmal, ein klein wenig lauter:

»Mikhail!«

Solange es hinter der Eichenholztür stillblieb, machte er sich noch Hoffnungen, und sein Blut pochte heftig. Mikhail hatte sich noch immer nicht vom Fleck gerührt. Gleich würde er den Arm ausstrecken, den Türknopf drehen. Elias sagte nichts mehr, er hielt den Atem an und hörte durch die Stille hindurch das Rauschen in seinen Ohren.

Dann, gerade als seine Hoffnung am größten war, entfernten sich drinnen Schritte, wurden gedämpfter, als sie vom Parkettboden auf den Teppich traten, der Sessel ächzte erneut, eine Zeitungsseite wurde umgeblättert.

Er klingelte nicht, er insistierte nicht, rief nicht mehr. Er mußte noch eine Zeitlang stehenbleiben, damit sein Gesichtsausdruck wieder einigermaßen normal wurde, dann ging er langsam, mit gesenktem Kopf zum Aufzug und drückte auf den Knopf.

Er vermied es, Gonzales anzusehen, der ihn beobachtete und sein seltsames Aussehen bemerkte. In der Halle hatte er das sichere Gefühl, nicht mehr gerade gehen zu können. Chavez, der kurz vor ihm heruntergekommen war, blickte ihm mit einer Frage auf den Lippen entgegen:

»Sind Sie oben gewesen?«

Mit abgewandtem Gesicht murmelte Elias:

»Ich habe einen Brief hinaufgebracht.«

Um diese Zeit wurden keine Briefe ausgetragen, doch der Geschäftsführer machte keinen diesbezüglichen Einwand.

»Haben Sie mit ihm gesprochen?« fragte er nur.

»Ich habe gar nicht geklingelt.«

Was gab es da zu erklären? Er war Chavez keine Erklärung schuldig. Er war hinaufgefahren, hatte seinen Brief durch den Schlitz geschoben, hatte gewartet und leise »Mikhail« gerufen.

Und man hatte ihm nicht aufgemacht. Das war alles.

Wenn er Emilio nicht weggeschickt, ihn nicht zum Lügen gezwungen hätte, hätte er jetzt nach Hause gehen und versuchen können zu schlafen. Mikhail würde heute nacht nicht mehr herunterkommen. Es sei denn, er bekäme plötzlich Gewissensbisse.

Er war nicht der Mensch, den Gewissensbisse plagten. Er war unschuldig. Er brauchte sich nicht zu schämen und hatte vermutlich nie jemanden um Verzeihung gebeten. Konnte er denn um Verzeihung bitten, daß er der war, der er war?

Er hatte Angst vor Elias und wagte ihm nicht mehr ins Gesicht zu sehen! Oder vielleicht war es auch Verachtung. Oder Mitleid. Es kam auf das gleiche heraus. Da war jemand auf der Welt, der ihn dazu brachte, die Brauen zu runzeln und seine Schritte zu beschleunigen, und da ihm der Mut fehlte, selbst zu ihm zu gehen, hatte er seinen Fahrer geschickt, der nachsehen sollte, wie sein Haus und wie seine Frau war.

»Bestehen Sie darauf, diese Nacht hierzubleiben?«

»Ja.«

»Wie Sie wollen! Ich kann Sie nicht daran hindern, zumal Emilio behauptet, seine Frau sei krank. Ab morgen verlange ich, daß wieder die normalen Dienstzeiten eingehalten werden.«

Es fing schon an. Wer weiß, ob dies nicht die letzte Nacht war, die man ihn im Hotel verbringen ließ? Es ist so einfach, einen wie ihn loszuwerden! Man braucht ihn nur vor die Tür zu setzen, und er geht ohne ein

Wort, auch wenn es für ihn keinen Ort gibt, wohin er gehen kann.

Ob es die letzte war oder nicht, er durchlebte diese Nacht genauso intensiv wie die vorige, nur daß diesmal die Bar bis Mitternacht geöffnet war und ein paar Minuten nach eins einer der New Yorker zurückkam, der ausgegangen war.

Elias bediente den Aufzug, und der andere sah ihn neugierig an, als habe er einen Pickel auf der Nase, öffnete den Mund, als wolle er etwas sagen, klappte ihn ohne ein Wort wieder zu.

In seinem professionellsten Ton fragte Elias:

»Um wieviel Uhr möchten Sie morgen früh geweckt werden?«

»Um acht.«

»Gute Nacht.«

»Gute Nacht.«

Er ging in die Küche hinunter, fand im Kühlschrank ein Stück des eigens für Zograffi gebackenen Kuchens.

Er aß es auf. Er aß Mikhails Reste. Wie ein Hund!

Gibt man einem Hund, der gebissen hat, die Möglichkeit, sich zu rechtfertigen? Hunde rechtfertigen sich nicht. Eine Mauer des Schweigens steht zwischen ihnen und den Menschen. Man gibt sich gar keine Mühe, sie zu verstehen. Sie beißen, weil sie bissig sind. Oder weil sie, wie man sagt, bösartig sind.

Er berauschte sich mit Essen und erniedrigenden Gedanken, und nach Gründen zur Selbsterniedrigung brauchte er nicht lange zu suchen.

Der andere schlief ganz oben, durch das geöffnete Fenster drang das Zirpen der Grillen zu ihm herein, und noch in zehntausend Jahren würden dieselben Sterne am Himmel funkeln. Einst hatte man ihm beigebracht, ihre Geschwindigkeit zu berechnen. Nichts stand still. Die Erde sah aus, als bewege sie sich nicht, dabei kreiste sie mit einer schwindelerregenden Bewegung Gott weiß wo, während winzige Wesen wie Elias sich haltsuchend irgendwo festhielten.

Er schlief mit offenem Mund ein, denn irgendwann schläft jeder Mensch ein. Man weint und schreit, man verzweifelt und stampft mit den Füßen, und dann ißt und schläft man, als sei nichts gewesen.

Als er am frühen Morgen die Augen aufschlug und sich im Spiegel betrachtete, an dem Chavez nie vorbeiging, ohne einen prüfenden Blick hineinzuwerfen, sah er, daß sein Gesicht aufgedunsen war und seine Augen hervorstanden, als wollten sie aus ihren Höhlen fallen.

Vielleicht würde er einmal aussehen wie ein bissiger Hund, wer weiß? Was auch geschehen mochte, er würde nicht gehen, er würde hierbleiben, sich an seinen Schreibtisch klammern, ob man ihn wollte oder nicht.

Emilio würde nicht vor Mittag kommen, das hatte er ihm gestern abend eingeschärft. Chavez konnte nichts dagegen tun.

Mikhail war in der Nacht nicht heruntergekommen. Er hatte sich nicht getraut. Und wenn er nachher die Halle durchquerte, würde der riesige Jensen neben ihm gehen, der dazusein schien, um ihn zu beschützen.

Er würde Elias nicht ansehen, nicht mit ihm sprechen, soviel war nun sicher. Hatte er etwa Angst vor dem, was Elias ihm sagen würde, Angst, Elias' Innerstes nach außen gekehrt zu sehen, wie ein umgestülptes Kaninchenfell, bleich, mit blutigen Flecken?

»Sind Sie immer noch da?« wunderte sich Gonzales, als er seinen Dienst antrat.

Elias zuckte die Achseln und ging in die Küche hinunter, um sich Kaffee zu holen. Gerade kamen frische Brötchen aus dem Backofen, und im Stehen, mit einer Miene, als wolle er seinen Chef provozieren, aß er so viel davon, wie sein Magen zu fassen vermochte, ohne zu platzen. Jetzt fühlte er sich besser. Er konnte es mit ihnen aufnehmen.

Es war kurz vor acht, als Nummer 66 nach dem Frühstück klingelte.

Wahrscheinlich würden sie wieder zum Bergwerk fahren oder Ranchs kaufen. Was spielte das für eine Rolle? Nur eines würde Zograffi nicht tun: fünf Minuten seiner Zeit Elias schenken, der sie brauchte, um endlich Frieden mit sich schließen zu können. Er wußte nicht, was das war. Er würde es nie wissen.

Der Chauffeur war schon fertig. Eine Viertelstunde später stand die schwarze Limousine vor der Tür.

Vielleicht fuhren sie heute vormittag weit weg? Vielleicht hatte Zograffi in Carlson-City alles erledigt und reiste ab?

Alles ging sehr schnell, während der Junge die Zeitungen in Hugos Stand einräumte. Nummer 22 rief an, um Frühstück zu bestellen, dann Nummer 24. Zwei der Dauergäste nahmen im Speisesaal Platz und bestellten Eier mit Speck. Sie waren in Eile. Alle waren in Eile.

Gonzales stand vor der Tür des Aufzugs. Von oben

wurde geklingelt, er schloß sich ein, fuhr in die oberen Etagen hinauf.

Sekundenlang war Elias in der Halle allein, dann hörte er die Schritte von Chavez, der vom ersten Stock die Treppe herunterkam. Auch der Aufzug kam herunter. Es war wie ein Wettlauf. Man hörte, wie der Aufzug sich dem Erdgeschoß näherte, dann eine Art Fauchen, als er anhielt.

Die Tür ging genau in dem Augenblick auf, als der Geschäftsführer am Treppenabsatz erschien. Zograffi, der einen Panamahut trug, trat als erster heraus, machte ein paar Schritte in die Halle, blieb an derselben Stelle wie immer stehen, ohne zur Rezeption zu blicken, während Jensen den Schlüssel auf die Theke legen kam.

Er merkte nichts. Elias hatte mit einer unverfänglichen Handbewegung die Schublade aufgezogen, in der seit zehn Jahren, als auf das Hotel ein bewaffneter Raubüberfall verübt wurde, ein geladener Revolver lag. Um Jensen nicht zu treffen, mußte er einen Schritt zur Seite treten, dann knallten vier Schüsse. Zograffi sackte mit einer Drehung um die eigene Achse zusammen. Die letzten zwei Schüsse, die noch in der Trommel waren, gingen nur deshalb nicht los, weil die Waffe Ladehemmung hatte.

Die blaue Vase auf dem Tisch war in tausend Splitter zersprungen. Die drei anderen Schüsse hatten ihr Ziel getroffen, und Mikhail lag reglos am Boden, beinahe in der gleichen Haltung wie damals am Bretterzaun.

Diesmal war er tot.

Lakeville (Connecticut), 30. Oktober 1953

Georges Simenon
im Diogenes Verlag

● **Romane**

Brief an meinen Richter
Roman. Deutsch von Hansjürgen Wille und
Barbara Klau. detebe 20371

Der Schnee war schmutzig
Roman. Deutsch von Willi A. Koch
detebe 20372

Die grünen Fensterläden
Roman. Deutsch von Alfred Günther
detebe 20373

Im Falle eines Unfalls
Roman. Deutsch von Hansjürgen Wille und
Barbara Klau. detebe 20374

Sonntag
Roman. Deutsch von Hansjürgen Wille und
Barbara Klau. detebe 20375

Bellas Tod
Roman. Deutsch von Elisabeth Serelmann-
Küchler. detebe 20376

Der Mann mit dem kleinen Hund
Roman. Deutsch von Stefanie Weiss
detebe 20377

Drei Zimmer in Manhattan
Roman. Deutsch von Linde Birk
detebe 20378

Die Großmutter
Roman. Deutsch von Linde Birk
detebe 20379

*Der kleine Mann von
Archangelsk*
Roman. Deutsch von Alfred Kuoni
detebe 20584

Der große Bob
Roman. Deutsch von Linde Birk
detebe 20585

Die Wahrheit über Bébé Donge
Roman. Deutsch von Renate Nickel
detebe 20586

Tropenkoller
Roman. Deutsch von Annerose Melter
detebe 20673

Ankunft Allerheiligen
Roman. Deutsch von Eugen Helmlé
detebe 20674

Der Präsident
Roman. Deutsch von Renate Nickel
detebe 20675

Der kleine Heilige
Roman. Deutsch von Trude Fein
detebe 20676

Der Outlaw
Roman. Deutsch von Liselotte Julius
detebe 20677

Die Glocken von Bicêtre
Roman. Neu übersetzt von Angela von
Hagen. detebe 20678

Der Verdächtige
Roman. Deutsch von Eugen Helmlé
detebe 20679

Die Verlobung des Monsieur Hire
Roman. Deutsch von Linde Birk
detebe 20681

Der Mörder
Roman. Deutsch von Lothar Baier
detebe 20682

Die Zeugen
Roman. Deutsch von Anneliese Botond
detebe 20683

Die Komplizen
Roman. Deutsch von Stefanie Weiss
detebe 20684

Der Ausbrecher
Roman. Deutsch von Erika Tophoven-
Schöningh. detebe 20686

Wellenschlag
Roman. Deutsch von Eugen Helmlé
detebe 20687

Der Mann aus London
Roman. Deutsch von Stefanie Weiss
detebe 20813

Die Überlebenden der Télémaque
Roman. Deutsch von Hainer Kober
detebe 20814

Der Mann, der den Zügen nachsah
Roman. Deutsch von Walter Schürenberg
detebe 20815

Zum Weißen Roß
Roman. Deutsch von Trude Fein
detebe 20986

Der Tod des Auguste Mature
Roman. Deutsch von Anneliese Botond
detebe 20987

Die Fantome des Hutmachers
Roman. Deutsch von Eugen Helmlé
detebe 21001

Die Witwe Couderc
Roman. Deutsch von Hanns Grössel
detebe 21002

Schlußlichter
Roman. Deutsch von Stefanie Weiss
detebe 21010

Die schwarze Kugel
Roman. Deutsch von Renate Nickel
detebe 21011

Die Brüder Rico
Roman. Deutsch von Angela von Hagen
detebe 21020

Antoine und Julie
Roman. Deutsch von Eugen Helmlé
detebe 21047

Betty
Roman. Deutsch von Raymond Regh
detebe 21057

Die Tür
Roman. Deutsch von Linde Birk
detebe 21114

Der Neger
Roman. Deutsch von Linde Birk
detebe 21118

Das blaue Zimmer
Roman. Deutsch von Angela von Hagen
detebe 21121

Es gibt noch Haselnußsträucher
Roman. Deutsch von Angela von Hagen
detebe 21192

Der Bürgermeister von Furnes
Roman. Deutsch von Hanns Grössel
detebe 21209

Der Untermieter
Roman. Deutsch von Ralph Eue
detebe 21255

Das Testament Donadieu
Roman. Deutsch von Eugen Helmlé
detebe 21256

Die Leute gegenüber
Roman. Deutsch von Hans-Joachim Hartstein. detebe 21273

Weder ein noch aus
Roman. Deutsch von Elfriede Riegler
detebe 21304

Auf großer Fahrt
Roman. Deutsch von Angela von Hagen
detebe 21327

Der Bericht des Polizisten
Roman. Deutsch von Markus Jakob
detebe 21328

Die Zeit mit Anaïs
Roman. Deutsch von Ursula Vogel
detebe 21329

Der Passagier der Polarlys
Roman. Deutsch von Stefanie Weiss
detebe 21377

Die Katze
Roman. Deutsch von Angela von Hagen
detebe 21378

Die Schwarze von Panama
Roman. Deutsch von Ursula Vogel
detebe 21424

Das Gasthaus im Elsaß
Roman. Deutsch von Angela von Hagen
detebe 21425

Das Haus am Kanal
Roman. Deutsch von Ursula Vogel
detebe 21426

Der Zug
Roman. Deutsch von Trude Fein. detebe 21480

Striptease
Roman. Deutsch von Angela von Hagen
detebe 21481

45° im Schatten
Roman. Deutsch von Angela von Hagen
detebe 21482

Die Eisentreppe
Roman. Deutsch von Angela von Hagen
detebe 21557

Das Fenster der Rouets
Roman. Deutsch von Stefanie Weiss
detebe 21558

Die bösen Schwestern von Concarneau
Roman. Deutsch von Ingrid Altrichter
detebe 21559

Der Sohn Cardinaud
Roman. Deutsch von Linde Birk
detebe 21598

Der Zug aus Venedig
Roman. Deutsch von Liselotte Julius
detebe 21617

Weißer Mann mit Brille
Roman. Deutsch von Ursula Vogel
detebe 21635

Der Bananentourist
Roman. Deutsch von Barbara Heller
detebe 21679

Monsieur La Souris
Roman. Deutsch von Renate Heimbucher-Bengs. detebe 21681

Der Teddybär
Roman. Deutsch von Ingrid Altrichter
detebe 21682

Die Marie vom Hafen
Roman. Deutsch von Ursula Vogel
detebe 21683

Der reiche Mann
Roman. Deutsch von Stefanie Weiss
detebe 21753

» ... die da dürstet «
Roman. Deutsch von Irène Kuhn
detebe 21773

Vor Gericht
Roman. Deutsch von Linde Birk. detebe 21786

Der Umzug
Roman. Deutsch von Barbara Heller
detebe 21797

Der fremde Vetter
Roman. Deutsch von Stefanie Weiss
detebe 21798

Das Begräbnis des Monsieur Bouvet
Roman. Deutsch von H.J. Solbrig
detebe 21799

Die schielende Marie
Roman. Deutsch von Eugen Helmlé
detebe 21800

Die Pitards
Roman. Deutsch von Ingrid Altrichter
detebe 21857

Das Gefängnis
Roman. Deutsch von Michael Mosblech
detebe 21858

Malétras zieht Bilanz
Roman. Deutsch von Irmgard Perfahl
detebe 21893

Das Haus am Quai Notre-Dame
Roman. Deutsch von Eugen Helmlé
detebe 21894

Der Neue
Roman. Deutsch von Ingrid Altrichter
detebe 21895

Die Erbschleicher
Roman. Deutsch von Renate Heimbucher-Bengs. detebe 21938

Die Selbstmörder
Roman. Deutsch von Linde Birk. detebe 21939

Tante Jeanne
Roman. Deutsch von Inge Giese. detebe 21940

Der Rückfall
Roman. Deutsch von Ursula Vogel
detebe 21941

Am Maultierpaß
Roman. Deutsch von Michael Mosblech
detebe 21942

Der Glaskäfig
Roman. Deutsch von Stefanie Weiss
detebe 22403

Das Schicksal der Malous
Roman. Deutsch von Günter Seib
detebe 22404

Der Uhrmacher von Everton
Roman. Deutsch von Ursula Vogel
detebe 22405

Das zweite Leben
Roman. Deutsch von Ingrid Altrichter
detebe 22406

Der Erpresser
Roman. Deutsch von Linde Birk
detebe 22407

Die Flucht des Monsieur Monde
Roman. Deutsch von Barbara Heller
detebe 22408

Der ältere Bruder
Roman. Deutsch von Ingrid Altrichter
detebe 22454

Doktor Bergelon
Roman. Deutsch von Günter Seib
detebe 22455

Die letzten Tage eines armen Mannes
Roman. Deutsch von Michael Mosblech
detebe 22456

Sackgasse
Roman. Deutsch von Stefanie Weiss und Richard K. Flesch. detebe 22457

Die Flucht der Flamen
Roman. Deutsch von Barbara Heller
detebe 22458

Die verschwundene Tochter
Roman. Deutsch von Renate Heimbucher
detebe 22459

Fremd im eigenen Haus
Roman. Deutsch von Gerda Scheffel
detebe 22473

Das Haus der sieben Mädchen
Roman. Deutsch von Helmut Kossodo
detebe 22501

Der Amateur
Roman. Deutsch von Helmut Kossodo
detebe 22502

Das Unheil
Roman. Deutsch von Josef Winiger
detebe 22503

Die verlorene Stute
Roman. Deutsch von Helmut Kossodo
detebe 22504

Der Witwer
Roman. Deutsch von Linde Birk
detebe 22505

Der Stammgast
Roman. Deutsch von Josef Winiger
detebe 22506

● **Maigret-Romane und -Erzählungen**

Weihnachten mit Maigret
Zwei Romane und eine Erzählung: Maigret und der Winhändler / Weihnachten mit Maigret / Maigret hat Skrupel. Deutsch von Hainer Kober, Hans-Joachim Hartstein und Ingrid Altrichter. Leinen

Maigrets erste Untersuchung
Roman. Deutsch von Roswitha Plancherel
detebe 20501

Maigret und Pietr der Lette
Roman. Deutsch von Wolfram Schäfer
detebe 20502

Maigret und die alte Dame
Roman. Deutsch von Renate Nickel
detebe 20503

Maigret und der Mann auf der Bank
Roman. Deutsch von Annerose Melter
detebe 20504

Maigret und der Minister
Roman. Deutsch von Annerose Melter
detebe 20505

Mein Freund Maigret
Roman. Deutsch von Annerose Melter
detebe 20506

Maigrets Memoiren
Roman. Deutsch von Roswitha Plancherel
detebe 20507

Maigret und die junge Tote
Roman. Deutsch von Raymond Regh
detebe 20508

Maigret amüsiert sich
Roman. Deutsch von Renate Nickel
detebe 20509

Hier irrt Maigret
Roman. Deutsch von Elfriede Riegler
detebe 20690

Maigret und der gelbe Hund
Roman. Deutsch von Raymond Regh
detebe 20691

Maigret vor dem Schwurgericht
Roman. Deutsch von Wolfram Schäfer
detebe 20692

Maigret als möblierter Herr
Roman. Deutsch von Wolfram Schäfer
detebe 20693

Madame Maigrets Freundin
Roman. Deutsch von Roswitha Plancherel
detebe 20713

Maigret kämpft um den Kopf eines Mannes
Roman. Deutsch von Roswitha Plancherel
detebe 20714

Maigret und die kopflose Leiche
Roman. Deutsch von Wolfram Schäfer
detebe 20715

Maigret und die widerspenstigen Zeugen
Roman. Deutsch von Wolfram Schäfer
detebe 20716

Maigret am Treffen der Neufundlandfahrer
Roman. Deutsch von Annerose Melter
detebe 20717

Maigret bei den Flamen
Roman. Deutsch von Claus Sprick
detebe 20718

Maigret und das Schattenspiel
Roman. Deutsch von Claus Sprick
detebe 20734

Maigret und die Keller des Majestic
Roman. Deutsch von Linde Birk
detebe 20735

Maigret contra Picpus
Roman. Deutsch von Hainer Kober
detebe 20736

Maigret läßt sich Zeit
Roman. Deutsch von Sibylle Powell
detebe 20755

Maigrets Geständnis
Roman. Deutsch von Roswitha Plancherel
detebe 20756

Maigret zögert
Roman. Deutsch von Annerose Melter
detebe 20757

Maigret und die Bohnenstange
Roman. Deutsch von Guy Montag
detebe 20808

Maigret und das Verbrechen in Holland
Roman. Deutsch von Renate Nickel
detebe 20809

Maigret und sein Toter
Roman. Deutsch von Elfriede Riegler
detebe 20810

Maigret, Lognon und die Gangster
Roman. Deutsch von Wolfram Schäfer
detebe 20812

Maigret und der Gehängte von Saint-Pholien
Roman. Deutsch von Sibylle Powell
detebe 20816

Maigret und der verstorbene Monsieur Gallet
Roman. Deutsch von Roswitha Plancherel
detebe 20817

Maigret und der Treidler der ›Providence‹
Roman. Deutsch von Claus Sprick
detebe 21029

Maigrets Nacht an der Kreuzung
Roman. Deutsch von Annerose Melter
detebe 21050

Maigret hat Angst
Roman. Deutsch von Elfriede Riegler
detebe 21062

Maigret gerät in Wut
Roman. Deutsch von Wolfram Schäfer
detebe 21113

Maigret verteidigt sich
Roman. Deutsch von Wolfram Schäfer
detebe 21117

Maigret erlebt eine Niederlage
Roman. Deutsch von Elfriede Riegler
detebe 21120

Maigret und der geheimnisvolle Kapitän
Roman. Deutsch von Annerose Melter
detebe 21180

Maigret und die alten Leute
Roman. Deutsch von Annerose Melter
detebe 21200

Maigret und das Dienstmädchen
Roman. Deutsch von Hainer Kober
detebe 21220

Maigret im Haus des Richters
Roman. Deutsch von Liselotte Julius
detebe 21238

Maigret und der Fall Nahour
Roman. Deutsch von Sibylle Powell
detebe 21250

Maigret und der Samstagsklient
Roman. Deutsch von Angelika Hildebrandt-Essig. detebe 21295

Maigret in New York
Roman. Deutsch von Bernhard Jolles
detebe 21308

Maigret und die Affäre Saint-Fiacre
Roman. Deutsch von Werner De Haas
detebe 21373

Sechs neue Fälle für Maigret
Erzählungen. Deutsch von Elfriede Riegler
detebe 21375

Maigret in der Liberty Bar
Roman. Deutsch von Angela von Hagen
detebe 21376

Maigret und der Spion
Roman. Deutsch von Hainer Kober
detebe 21427

Maigret und die kleine Landkneipe
Roman. Deutsch von Bernhard Jolles und Heide Bideau. detebe 21428

Maigret und der Verrückte von Bergerac
Roman. Deutsch von Hainer Kober
detebe 21429

Maigret, die Tänzerin und die Gräfin
Roman. Deutsch von Hainer Kober
detebe 21484

Maigret macht Ferien
Roman. Deutsch von Markus Jakob
detebe 21485

Maigret und der hartnäckigste Gast der Welt
Sechs Fälle für Maigret. Deutsch von Linde Birk und Ingrid Altrichter. detebe 21486

Maigret verliert eine Verehrerin
Roman. Deutsch von Ingrid Altrichter
detebe 21521

Maigret in Nöten
Roman. Deutsch von Markus Jakob
detebe 21522

Maigret und sein Rivale
Roman. Deutsch von Ingrid Altrichter
detebe 21523

Maigret und die schrecklichen Kinder
Roman. Deutsch von Paul Celan
detebe 21574

Maigret und sein Jugendfreund
Roman. Deutsch von Markus Jakob
detebe 21575

Maigret und sein Revolver
Roman. Deutsch von Ingrid Altrichter
detebe 21576

Maigret auf Reisen
Roman. Deutsch von Ingrid Altrichter
detebe 21593

Maigret und die braven Leute
Roman. Deutsch von Ingrid Altrichter
detebe 21615

Maigret und der faule Dieb
Roman. Deutsch von Stefanie Weiss
detebe 21629

Maigret und die verrückte Witwe
Roman. Deutsch von Michael Mosblech
detebe 21680

Maigret und sein Neffe
Roman. Deutsch von Ingrid Altrichter
detebe 21684

Maigret und Stan der Killer
Vier Fälle für Maigret. Deutsch von Inge Giese und Eva Schönfeld. detebe 21741

Maigret und das Gespenst
Roman. Deutsch von Barbara Heller
detebe 21760

Maigret in Kur
Roman. Deutsch von Irène Kuhn
detebe 21770

Madame Maigrets Liebhaber
Vier Fälle für Maigret. Deutsch von Ingrid
Altrichter, Inge Giese und Josef Winiger
detebe 21791

Maigret und der Clochard
Roman. Deutsch von Josef Winiger
detebe 21801

Maigret und Monsieur Charles
Roman. Deutsch von Renate Heimbucher-
Bengs. detebe 21802

Maigret und der Spitzel
Roman. Deutsch von Inge Giese. detebe 21803

Maigret und der einsame Mann
Roman. Deutsch von Ursula Vogel
detebe 21804

Maigret und der Messerstecher
Roman. Deutsch von Josef Winiger
detebe 21805

Maigret hat Skrupel
Roman. Deutsch von Ingrid Altrichter
detebe 21806

Maigret in Künstlerkreisen
Roman. Deutsch von Ursula Vogel
detebe 21871

Maigret und der Weinhändler
Roman. Deutsch von Hainer Kober
detebe 21872

Maigret in Arizona
Roman. Deutsch von Wolfram Schäfer
detebe 22474

● **Erzählungen**
Der kleine Doktor
Erzählungen. Deutsch von Hansjürgen Wille
und Barbara Klau. detebe 21025

Emil und sein Schiff
Erzählungen. Deutsch von Angela von
Hagen. detebe 21318

Die schwanzlosen Schweinchen
Erzählungen. Deutsch von Linde Birk
detebe 21284

Exotische Novellen
Deutsch von Annerose Melter. detebe 21285

Meistererzählungen
Deutsch von Wolfram Schäfer u.a.
detebe 21620

Die beiden Alten in Cherbourg
Erzählungen. Deutsch von Inge Giese und
Reinhard Tiffert. detebe 21943

● **Reportagen**
Die Pfeife Kleopatras
Reportagen aus aller Welt. Deutsch von Guy
Montag. detebe 21223

Zahltag in einer Bank
Reportagen aus Frankreich. Deutsch von
Guy Montag. detebe 21224

● **Biographisches**
*Intime Memoiren und
Das Buch von Marie-Jo*
Aus dem Französischen von Hans-Joachim
Hartstein, Claus Sprick, Guy Montag und
Linde Birk. detebe 21216

Stammbaum
Pedigree. Autobiographischer Roman
Deutsch von Hans-Joachim Hartstein
detebe 21217

Simenon auf der Couch
Fünf Ärzte verhören den Autor sieben
Stunden lang. Deutsch von Irène Kuhn
Mit einer Bibliographie und Filmographie
und 43 Abbildungen. detebe 21658

Außerdem liegen vor:

Stanley G. Eskin

Simenon
Eine Biographie. Mit zahlreichen bisher un-
veröffentlichten Fotos, Lebenschronik, Bibliographie, ausführlicher Filmographie, An-
merkungen, Namen- und Werkregister. Aus
dem Amerikanischen von Michael Mosblech
Leinen

Über Simenon
Zeugnisse und Essays von Patricia High-
smith bis Alfred Andersch. Mit einem Inter-
view, mit Chronik und Bibliographie. Herausgegeben von Claudia Schmölders und
Christian Strich. detebe 20499

Das Simenon Lesebuch
Erzählungen, Reportagen, Erinnerungen
Herausgegeben von Daniel Keel
detebe 20500